LA ROUTE POUR L'HIVER

LA PRISONNIÈRE DES FAES LIVRE N° 2

LILY ARCHER

GREY EAGLE
PUBLICATIONS

Titre original : *Road to Winter* (*Fae's Captive #2*)

Couverture : Deranged Doctor Design
derangeddoctordesign.com

Traduction : Anne-Lise Pellat

ISBN: 978-1-64366-129-2
Print ISBN: 978-1-64366-130-8

CHAPITRE 1

LÉANDRE

Lorsque je m'éloigne des griffes de la sorcière, mon dos est en feu. Son venin est particulièrement puissant, ralentissant mes réactions et brouillant ma vision.

— Sur ta droite !

Gareth saute sur elle, l'épée se balance, mais elle disparaît dans un panache noir et glousse de joie.

— Tu as le goût du pouvoir, roi de l'Hiver

Sa voix siffle à travers les arbres.

— De vieilles racines puissantes. Du vent froid et la morsure délicieuse de la neige fraîche.

Je trébuche en avant, je me relève pour suivre l'odeur de ma compagne. Sa peur irrite mes narines. La vile sorcière s'est emparée d'elle alors qu'elle dormait et lui a fait passer mes défenses avec un puissant sort de magie noire des Spires. Je n'ai réalisé que Taylor était partie que lorsque l'autre Changeling s'est mise à hurler.

Gareth reste tout près derrière moi, comme au bon vieux temps. Nous sommes à nouveau en guerre, mais désormais les enjeux sont encore plus gros. Je ne peux pas perdre Taylor.

— C'est si mignon d'essayer de sauver ta pauvre, pauvre compagne.

La voix vient de partout et de nulle part.

— Si tu lui as fait du mal, je te...

— Non.

Une ombre me fouette à ma droite.

— Ce n'est pas à elle que je vais faire du mal. Ça ne servirait à rien. Ne sais-tu pas ce qu'elle est ?

Je sens l'attaque arriver et je me retourne en donnant de violents coups d'épée. Je la touche, mais mon épée glisse sur sa peau d'obsidienne, et le coup secoue mon bras.

— C'est une Changeling, stupide sorcière.

Gareth grogne et tend sa main pour lui envoyer une violente boule de feu bleue qui s'écrase sur elle.

Mais c'est une obsidienne. Le feu ne peut pas la blesser. Elle ouvre grand sa bouche et inspire en avalant les flammes avant de disparaître à nouveau.

Son gloussement provient de derrière l'arbre à

côté de moi. Je me précipite et je donne des coups d'épée à cet endroit pour n'y trouver que de l'air. Le feu entaille à nouveau mon dos et je me tourne pour voir la créature noire en train de danser sans que ses pieds touchent le sol. Gareth se rue sur elle, pivote pour atteindre son visage, mais elle disparaît avant qu'il ne puisse porter son coup.

— Une Changeling ?

Le gloussement s'amplifie pour devenir une sorte de cacophonie qui résonne tout autour de nous.

— Idiots.

Il n'y a qu'une seule façon de détruire une obsidienne et ça m'a pratiquement tué la dernière fois. Mais pour sauver ma compagne, je me battrai jusqu'à mon dernier souffle. Le sacrifice en vaut la peine.

— Attire-la devant nous.

Je recule pour me placer à côté de Gareth. Le sang coule d'une vilaine entaille sur son visage. S'il ne fait pas attention, il aura une autre blessure assortie à la cicatrice dentelée sur sa joue droite.

— Celle-là est encore plus forte que la dernière que nous avons tuée, dit-il en crachant du sang.

— Elle te prendra tout ce que tu as. Tu vas y arriver ?

— Il le faut. Tiens-toi prêt.

Il grimace.

— Tu ne devrais pas...

— Les secrets font des ennemis, mes seigneurs.

Sa voix murmure juste à côté de moi, mais quand je frappe, il n'y a rien.

Gareth boîte devant moi, son épée est tombée. Il est sans défense. La sorcière ne pourra pas résister. Maudits soldats, ils prennent leur proie, quelle que soit la manière de l'avoir.

Ses griffes acérées cliquettent, chaque tapotement ressemblant au craquement d'un éclair. Gareth laisse tomber son épée et tombe à genoux.

L'obscurité s'étend tout autour de lui.

Je ferme les yeux et je respire dans cet étrange air chaud, une note de soufre, le parfum fleuri qui imprègne ces bois. Mais quand j'ouvre les yeux, j'expire l'hiver, la neige et la glace. Le sol gèle en dessous de moi, jaillissant dans un anneau de givre alors que je me concentre sur l'obscurité qui entoure mon commandant en second.

— Endors-toi, soldat. Dors et sache que je t'emmènerai avec moi. Je te ramènerai dans ma grotte. Tu rejoindras mes magnifiques ossements. Ta chair va pourrir jusqu'à ce que je sois prête à festoyer.

Elle apparaît, debout derrière lui, les griffes en arrière.

Je me concentre sur elle, car tout en moi se libère, la magie déferle en moi si violemment qu'elle me fait presque tomber. Nous n'avons qu'une seule fenêtre de tir, une seule chance de la détruire avant qu'elle ne nous tue tous.

Elle s'élance vers le bas, ses griffes noires scintillent, et je lui envoie ma magie, libérant la morsure glacée du royaume de l'hiver dans toute sa beauté et sa terreur.

La sorcière hurle, mais la glace fait son effet, gelant sa peau de pierre et l'enfermant dans une prison de givre. Je continue à diffuser ma magie tandis qu'elle lutte contre l'emprise de l'hiver. Des gouttes de sueur recouvrent mon corps et mes blessures saignent autant que celles d'un mortel. Je ne peux pas me soigner, surtout lorsque j'utilise la magie pour emprisonner la sorcière. Elle se débat plus faiblement son corps se glaçant dans une masse de rage et de peur. Quand la glace est épaisse autour d'elle, je maintiens ma magie bien en place, la tirant profondément de l'intérieur et la concentrant sur la sorcière. Comme n'importe quelle pierre, le gel rend l'obsidienne cassante, susceptible de se fissurer et de se briser. Sa peau lui fournit l'armure idéale...

jusqu'à ce qu'elle soit glacée par le cœur du royaume d'hiver.

Gareth attrape son épée et se lève.

— On y est presque, dit-il en reculant pour briser la sorcière.

— Je faiblis, crie-t-elle à travers ses lèvres glacées.

— Je faiblis et je ne ferai de mal à aucun d'entre vous !

Gareth s'arrête et me lance un regard. Je m'évanouis, mes réserves de magie sont en train de brûler. Mon rayon de glace explose vers l'extérieur, recouvrant de gel tous les arbres et toutes les fleurs en vue. Je dois geler jusqu'à son cœur pourri avant qu'elle ne puisse frapper. J'y suis presque, ma glace plonge dans chaque recoin sombre et putride de son être.

— Une bénédiction en échange de ma vie.

Sa voix n'est plus qu'un gémissement, son cœur noir gelé dans une mer de glace blanche.

— Pitié mes seigneurs. Une bénédiction pour votre compagne ! Épargnez ma vie !

— Léandre ?

L'épée de Gareth est encore en l'air, prête à l'éclater en morceaux de verre noir. C'est le seul moyen de la tuer.

S'il ne frappe pas maintenant, nous n'aurons pas

d'autre chance. Je ne peux pas la laisser partir, pas quand la vie de ma compagne est en jeu.

— Une bénédiction pour ta compagne ! Je le jure sur les Spires !

Le tonnerre résonne à travers les arbres.

Une promesse comme celle-ci ne peut être rompue ni dans ce monde ni dans aucun autre.

— Monseigneur ? dit Gareth, vibrant de violence, prêt à lancer l'attaque finale.

— Non.

Je libère ma magie. Ou du moins, j'essaie. Quand je l'assèche de cette manière, elle s'accroche à moi comme une corde, me tirant loin de moi et dans l'autre monde. Je lutte contre son attraction, mais l'effort me met à genoux. C'est le danger, l'épine sur la rose de la magie.

Je fixe la sorcière.

— Un mauvais geste, stupide créature, et je jure sur les Ancêtres que je trouverai une autre façon de mettre fin à ta misérable existence.

— Je t'ai donné ma parole, dit-elle en se secouant pour se débarrasser de la couche de glace qui la recouvre, mais elle n'ose pas trop bouger.

— Ma parole a autant de valeur que la tienne.

Je respire en essayant de calmer la fureur de mon cœur. La magie m'appelle, me promet le repos, me promet de révéler des secrets que seuls les plus grands magiciens n'ont jamais découverts. Je me dis que c'est un mensonge. Au cœur d'elle-même, la magie est cruelle, mais elle me parle si gentiment que j'en viens presque à chanceler.

— Du calme Léandre. Ta compagne. Pense à ta compagne.

La voix de Gareth me parvient comme si elle venait de très loin.

— Je suis ta compagne, ta vraie compagne, dit la magie en dansant autour de moi.

— Viens et je te montrerai des chemins oubliés. Des choses qu'aucun immortel ne connaît. Tu seras alors un vrai roi, qui ne sera jamais battu.

Son murmure est comme un baiser de soie. Je veux connaître les voies les plus profondes de la magie. Peut-être pourrai-je y aller, juste pour un moment. Juste pour jeter un coup d'œil à ce qui se cache dans l'autre monde.

— Oui.

La voix se transforme en une fée délicate faite de braises bleues.

— Juste pour un moment. Prends ma main et tu connaîtras les secrets inestimables qui peuvent sauver ton royaume.

Je lève ma main, bien qu'elle semble porter un poids insupportable.

— Léandre.

Une autre voix, celle-ci est douce et sucrée.

— Qui...

— Chut, prend ma main.

La fée s'approche de moi.

— Léandre, s'il vous plaît.

Je sens une caresse sur mon front, et la voix douce qui revient.

— J'ai besoin de vous.

— N'écoute pas, siffle la fée.

— Léandre. C'est moi, Taylor. S'il vous plaît, réveillez-vous.

— Taylor.

Je m'éloigne de la fée.

— Ma compagne a besoin de moi.

— Ta compagne, dit la fée en grognant et en serpentant dans un tourbillon de magie.

— Ta perte. La perte de ton monde.

— Quoi ? Que veux-tu dire ?

La magie se met à rire et disparaît, les braises bleues disparaissent.

— Tu ne le sauras que si tu viens dans l'autre monde. Si tu te laisses aller et que tu prends ma main.

— Je ne peux pas la laisser partir.

— Alors tu découvriras bientôt ce que je voulais dire.

La magie s'évapore et j'ouvre les yeux.

— Léandre, dit Taylor en me caressant la joue.

Le lien d'union reprend violemment vie en moi, et je m'assois pour la prendre dans mes bras.

Je prends son visage dans mes mains et je l'embrasse.

Elle pousse un cri de surprise, mais je ne peux pas passer une seconde de plus sans cette connexion. Je suis trop brutal, trop ardent, mais je ne peux pas m'en empêcher. Elle serre ma tunique et la tient pendant que je passe mes doigts dans ses cheveux. Ses lèvres – au début dures et fermées – s'adoucissent alors que je les titille avec ma langue. Ses yeux fermés palpitent, et je caresse le tour de sa bouche pour l'inciter à s'ouvrir. Quand elle le fait, un ronronnement sourd gronde dans ma poitrine et j'enfonce ma langue en elle doucement, touchant et goûtant la douceur de ma compagne. Alors qu'elle est hésitante, je suis affamé, je meurs d'envie qu'elle me touche. Je prends sa bouche comme j'ai envie de prendre son corps, de sentir chaque partie d'elle, de la faire mienne et de laisser ma marque.

Elle fond littéralement dans mes bras en se

pressant contre moi quand je prends sa langue et que je serre ses mèches soyeuses entre mes doigts. Mon sexe est si dur que j'en ai presque mal, et le besoin qu'elle m'appartienne complètement bat comme un tambour de guerre dans mes veines. Au moment où j'appuie encore plus ma bouche sur la sienne, un gémissement vient de sa gorge. Je suis sur le fil du rasoir, et ce son sensuel risque de me pousser à la caresser et à m'accoupler avec elle.

— Monseigneur ? dit Gareth en s'éclaircissant la gorge.

Je ne peux pas la laisser, pas maintenant. Pas quand elle est dans mes bras, son âme toute proche de la mienne. Je la serre contre moi, l'instinct primitif de la protéger des autres mâles qui voudraient la prendre. Elle n'est pas marquée, pas complètement mienne. Ce qui signifie qu'elle n'est pas en sécurité. Un autre mâle pourrait essayer de la prendre. Je grogne et mes griffes commencent à s'allonger.

Taylor se recule en ouvrant les yeux. Elle essaie d'échapper à mon étreinte, mais je la tiens immobile.

— Léandre !

Elle ne peut pas échapper à mon étreinte.

Fais-la tienne, marque-la, prends-la. La force

primitive gronde en moi et exige que je prenne ce qui est légitimement à moi.

— Tu lui fais peur Léandre, dit Gareth d'une voix douce. Mon vieil ami, s'il te plait.

— Elle est à moi.

Le son de ces mots est guttural. Je ne peux pas la laisser partir même si elle essaie de me repousser.

— Je sais, dit Gareth en s'approchant. Mais tu souffres d'un sevrage de magie et d'une perte de sang importante. Tu n'es pas en état de penser. Il faut que tu la relâches.

Je la regarde dans les yeux, et c'est comme un coup de pied aux fesses. La peur. Son doux parfum d'excitation s'est transformé en parfum de terreur. Et je suis celui qui la terrifie.

Même si mon instinct se déchaîne, je la relâche et la remets sur ses pieds. Elle recule vers Gareth qui est assez sage pour ne pas la toucher.

— Il a besoin d'aide.

Gareth se précipite vers moi et examine mes blessures.

— Je vais bien.

Je ressens le besoin de le repousser, de le dépasser et d'aller vers celle qui peut apaiser ma douleur intérieure.

— Léandre, dit-il en prenant une grande

inspiration. Regarde-la. Elle n'a pas l'habitude. Elle est terrifiée par tout ça. Et pour l'instant, tu ne l'aides pas.

— C'est ma compagne, je lui réponds, mais mes griffes se rétractent, et mes pensées s'éclaircissent. Je ne lui ai pas fait de mal, n'est-ce pas ?

La culpabilité s'enfouit sous ma peau quand je la regarde, ses dents claquent pendant qu'elle se réconforte. Qu'est-ce que j'ai fait ?

— Je vais faire de mon mieux pour en soigner quelques-unes.

Il montre les coupures le long de mon dos et de mon bras.

— Oh, Ancêtres, non, dis-je en grognant.

Gareth est très fort en sort de destruction, lorsqu'il doit être un peu sauvage, mais sa façon de soigner peut-être un peu différente. Je l'ai vu une fois essayer de réparer la jambe cassée de Grayhail. Quand Gareth a eu fini, Gray avait deux jambes cassées.

— Il faut que j'essaie. Tu ne guéris pas.

— Non, dis-je en m'écartant de lui.

— Tiens bon.

Un souffle vert s'enroule autour de moi, c'est la magie qui tourmente le fil de mes réserves épuisées. Mes blessures brûlent, et je crains qu'il ne les ait encore plus déchirées. Une autre explosion de douleur verte et plus piquante me fait grincer des dents.

— Pas si mal, dit Gareth en s'asseyant et en m'observant. Il faut encore un peu de temps pour qu'elles soient complètement guéries, mais au moins le saignement s'est arrêté.

Le brouillard se lève partout, mes sens reprennent leur place.

— Taylor.

Je lève les yeux vers elle, mon cœur tenaillé par l'angoisse

— Je suis tellement désolé, mon tout-petit.

Elle mordille sa lèvre du dessous et secoue légèrement la tête.

— Je suis désolé de t'avoir effrayée.

— Vous avez des griffes, dit-elle d'une voix tremblante.

Gareth sursaute et je n'arrive pas à la quitter des yeux.

— Vous parlez le Fae ? aboie Gareth.

— Oui. La sorcière... elle voulait me parler ; et elle ne savait pas le faire en Changeling, alors elle…

— Je lui ai fait cadeau de ce savoir, grommelle la sorcière. Mais je pensais que je l'aurais mangée avant qu'elle puisse utiliser la langue.

Je me mets à genoux et Gareth m'aide à me remettre sur mes pieds. Le poison se dissipe, mon corps devient plus fort à chaque inspiration.

—"Des griffes" répète Taylor, et elle fixe ma bouche.

Ce regard envoie des bouffées de chaleur qui lèchent le long de ma peau. Elle ne sait pas à quel point elle est attirante.

— Et vous… vous avez changé, dit-elle en fronçant les sourcils.

— Comme si vous étiez...

— Sauvage.

Je m'avance vers elle et le soulagement que je ressens quand je constate qu'elle ne recule pas est un baume sur mes blessures plus puissant que la magie.

— Quand un Fae a vécu des centaines d'années, notre partie sauvage devient plus forte.

— Sauvage ? demande-t-elle. Comme un chat ?

— Un chat ? Plus comme une créature primitive qui se fie à son instinct et à ses besoins de base.

— Donc, un chat, dit-elle en hochant la tête.

— Les seuls chats que je connaisse descendent des panthères des Twisted Pines, et je suppose qu'ils sont un peu sauvages, mais ils sont plus connus pour tricher aux cartes que pour autre chose.

Je suis debout en face d'elle et je presse ma main

sur sa joue à l'endroit où une écorchure s'étend jusqu'à l'oreille.

— Je suis tellement désolé que tu m'aies vu comme cela, mon petit. Es-tu blessée ?

Je retiens ma respiration, craignant qu'elle dise que d'une certaine manière *je* l'ai blessée.

— Non. La sorcière n'a fait que me parler, vraiment. Ce que je veux dire c'est qu'elle m'a tirée hors du lit et qu'elle m'a fait marcher à travers les bois. Mais, si on pense à tout ce qui s'est passé durant ces derniers jours, bavarder avec elle était probablement la chose la moins dangereuse que j'ai faite.

Elle jette un regard derrière elle à la sorcière qui est toujours enfermée dans la glace jusqu'à la taille.

— Mais ne te méprends pas. Elle est terrifiante comme l'enfer.

— J'aurais pu te dévorer, fillette, dit la sorcière en reniflant. J'aurais pu festoyer avec tes os et ta chair fraîche. Je ne l'ai pas fait, et pourtant tu m'insultes.

Je me place entre Taylor et la sorcière.

— Menace ma compagne encore une fois, noiraude, et je te finirai.

— Ce n'est pas une menace. Je dis juste que *j'aurais pu* le faire, mais que je *ne l'ai pas* fait.

Elle crache sur le sol et l'endroit se met à grésiller.

— Pas effrayante. Magnanime !

— Tu m'as promis une bénédiction en échange de ta vie. Es-tu prête à la donner ?

Je me rapproche d'elle, ma force est revenue et le soulagement de voir que Taylor n'est pas blessée me galvanise.

— Obligée, dit-elle en crachant à nouveau. Obligée par le roi d'au-delà des montagnes. Mais j'ai pris du sang.

Elle sourit, ses dents noires et pointues sont comme celles d'un animal.

— J'ai pris du sang royal. Une sorcière obsidienne tient toujours parole. Je tiendrai parole, j'ai fait ce que j'étais obligée de faire. Je ne me sens plus liée à ce serment. Mais je ressens le lien de notre accord.

Elle ronchonne en essayant de libérer une de ses jambes sans succès.

— Froid.

Je lui montre la glace autour d'elle.

— Je ne te libérerai qu'une fois que tu auras accordé la bénédiction.

— J'ai promis une bénédiction pour ta compagne. Pas pour toi, dit-elle en tapotant l'arête de son nez. Mais je peux aussi t'en accorder une, si tu veux en marchander une.

— Je ne fais pas de marchandage.

Aucun Fae ne se portera volontaire pour faire des promesses, et si c'est le cas, cela n'augure rien de bon.

— Je pourrai te dire tellement de choses, roi de l'hiver, dit-elle d'une voix rêveuse. Sur toi, sur ta compagne, sur le roi d'au-delà des montagnes. Des informations de grande valeur. Inestimables.

— Alors, dis-moi.

— Pas pour rien. Rien n'est gratuit.

— Je ne fais pas de marchandage.

— Pff.

Elle secoue ses cheveux blancs sur son épaule noire.

— Peut-être pas aujourd'hui, roi de l'hiver. Mais tu le feras. À la fin, tu me supplieras de conclure un marché.

Ses dents pointues claquent à nouveau les unes contre les autres.

— Peut-être que j'accepterai, peut-être non.

J'ai la main qui me démange de prendre mon poignard, pourtant je ne le sors pas.

— Allons-y pour la bénédiction.

— C'est seulement pour ta compagne. Pas toi. Tu dois t'en aller.

— Je ne la laisse pas seule avec toi, sorcière.

— Selene. Son nom est Selene.

Elle retire une de ses jambes de la glace, tandis que l'autre reste bloquée.

— Je ne m'en vais pas, et je vais commencer à repenser à cette bénédiction.

— Tu ne peux pas me tuer maintenant. Nous le savons tous les deux, dit-elle en montrant ses dents. Il n'y a plus d'hiver en toi. Plus assez.

Je regrette de l'avoir épargnée.

— Je ne peux peut-être pas te détruire, mais je peux te faire mal. Et je viens de découvrir une théorie.

Ma voix devient aussi froide que la mort.

— La seule façon connue de te tuer est de te détruire avec le froid. Mais nous passons peut-être à côté de quelque chose. J'ai peut-être simplement besoin de faire des expériences. Enfoncer une épée dans ta gorge, frapper ta tête avec une hache de diamant, te faire rôtir sur un feu jusqu'à ce que l'obsidienne soit assez chaude pour fondre. Il doit bien y avoir une façon de…

— Je t'ai donné ma parole et tu oses me menacer ? Tu oses remettre en question mon serment simplement parce que je suis une obsidienne ?

Un vent fantôme tire les cheveux blancs de la sorcière et elle fronce ses yeux noirs. La tension monte entre nous comme une crue violente et je lève mon épée.

— Selene.

Taylor arrive à toute vitesse à côté de moi.

— Excuse-moi d'avoir dit que tu étais effrayante.

Les sourcils blancs de la sorcière tremblent et j'ai un aperçu de ce qu'elle aurait pu être si elle n'était pas tombée dans le mal diabolique des Spires. Les sorcières comme elle furent jadis des Faes, mais elles ont suivi l'appel du côté sombre et ont été transformées par les forces mystérieuses qui habitent les Wasted Lands.

— Tu t'excuses ?

Selene jette un coup d'œil à Taylor pour constater qu'elle est à la fois confuse et ravissante.

— Personne ne s'est jamais excusé auprès de Selene.

Elle tapote son menton.

— Suppliée ? Oui. Implorée ? Oui. Maudite ? Certainement, dit-elle en gloussant.

— Mais à qui on demande pardon ? Non.

Elle pointe un long doigt vers Taylor.

— Tu es vraiment spéciale, et pas seulement parce que tu avais été annoncée.

J'ai envie de lui demander ce qu'elle entend par là, mais je ne peux pas. Passer un autre accord avec une créature aussi répugnante qu'elle finirait mal.

— Eh bien, je le pense vraiment, dit Taylor en haussant les épaules, chacun de ses mouvements est rempli d'innocence. Je ne sais pas ce qui vous est arrivé ou quoi que ce soit d'autre sur vous. Et vous avez été forcée de nous poursuivre. Aussi, je ne peux pas vous en vouloir.

— Oui, oui. Tout cela est vrai. Le sage, c'est toi, dit la sorcière en hochant la tête furieusement.

— Mon petit bout.

Je m'incline et j'embrasse le sommet de la tête de Taylor.

— Tu es nouvelle dans ce monde, et ton cœur est plus pur que tout ce que j'ai pu admirer. Mais il ne faut avoir aucune pitié pour une obsidienne. Il est probable que Selene a versé plus de sang innocent que tu ne peux même l'imaginer.

Elle croise mon regard, ses yeux brillent même sous le ciel nocturne.

— Vous avez raison. Je ne suis pas d'ici.

Je tressaille et j'ai envie de lui dire qu'elle est ici chez elle avec moi, pour toujours, mais elle continue,

— Et Selene a dit des choses qui m'ont mise...

Elle a du mal à avaler sa salive.

— Mal à l'aise, c'est le moins qu'on puisse dire. Mais je ne sais pas ce qui lui est arrivé ou la raison pour laquelle elle est ainsi. Aussi, je réserve mon jugement.

— Tu ne comprends pas. Ton cœur est trop pur pour...

— Vous ne me connaissez pas Léandre, dit-elle en redressant son dos. Vous ne savez rien de moi. Aussi pure que vous me croyiez, je peux vous assurer que ce n'est pas le cas.

Son ton sec et tranchant me rend nerveux.

— Je te connais.

Je prends sa main et la pose sur mon cœur.

— Je sais que tu es l'autre moitié de mon âme. Et un jour, j'espère connaître chaque infime détail de toi. Lorsque nous serons installés dans le royaume d'hiver, je pourrai passer avec bonheur tout mon temps à apprendre à te connaître.

Je me retiens de lui dire que j'espère passer tout ce temps au lit.

Elle baisse le regard.

Je sais ce qu'elle pense aussi sûrement que je sais

que les neiges tombent vite et en quantité sur la Haute Montagne. Elle se languit de son ancienne vie, de la terre des humains. C'est à moi de lui montrer que c'est son nouveau chez elle. Que je suis digne de confiance, qu'elle appartient au trône du royaume d'hiver, qu'elle doit régner à mes côtés. Je me suis fait la promesse que je lui *prouverai* que sa place est avec moi. C'est une parole que je n'ai pas de mal à tenir.

La sorcière extirpe son autre jambe de la glace et se précipite en avant. Je tire Taylor pour la mettre derrière moi et je brandis mon épée.

CHAPITRE 2

TAYLOR

— Assez d'héroïsme, monseigneur, dit la sorcière en levant les yeux vers Léandre.

— J'étais juste en train de tester les parties de mon corps pour être sûre que tu ne les as pas gelées jusqu'à ce qu'elles tombent dans l'oubli.

Elle se dépoussière, des miettes de glace s'envolent.

— Et je n'ai pas besoin de toi. Allez, allez, va-t'en et va faire le roi ailleurs. Je préfère parler à la jolie demoiselle qui est bien plus posée que ton cœur noir de Fae ne le sera jamais.

— Je ne pars pas, dit Léandre en pointant son poignard vers la gorge de la sorcière.

— Tes menaces sur Selene sont vaines, roi de

l'hiver, dit-elle avec un clin d'œil. Épuisée. Ta magie ne fait que murmurer maintenant, et elle s'éloigne en dansant pour retourner dans l'autre monde. Et ho, c'est embêtant ! L'autre monde t'appelle encore et encore, dit-elle en posant les mains sur ses oreilles.

— Toujours en train de me chercher aussi. Elle veut m'en montrer encore plus que je n'en connais déjà. Mais j'en sais déjà trop.

Elle glousse avec un rire douloureux.

— Tu peux donc partir. Et j'accorderai ma bénédiction.

Léandre – toujours blessé et clairement épuisé – est prêt à combattre afin que je sois en sécurité. Attachant ? Oui. Inutile ? Oui, aussi.

— Je ne pars pas, noiraude, grogne-t-il.

— Léandre.

Je pose ma main sur son avant-bras

— S'il vous plaît. Nous avons un accord, n'est-ce pas Selene ?

— Oui.

Elle se cure les ongles et en nettoie un avec ses dents. Je refuse de penser qu'elle vient juste de manger un morceau de peau arraché sur Léandre ? Non. Je n'y pense même pas.

— Ça va aller.

Je caresse à nouveau le bras de Léandre, mais il ne baisse pas son épée.

— Elle est dangereuse.

— Oui, je le suis.

Selene sourit et arrache encore un peu de peau de ses ongles et la met dans sa bouche.

— Mais pas avec toi, jeune fille. Et je t'ai donné ma parole, dit-elle en fixant Léandre.

— Tu sais ce que cela signifie.

— Donne-lui une chance.

Je ne sais pas ce que je suis en train de faire, mais je sais que si je ne calme pas les choses, le combat va reprendre, et d'après l'apparence de Léandre, il y a des chances qu'il ne s'en sorte pas vivant.

Il finit par baisser son épée, et je pousse un grand soupir de soulagement.

— Simplement parce que tu le souhaites, mon petit, je m'en vais. Mais je ne serai pas loin. Si près qu'un seul faux mouvement serait désastreux pour toi, sorcière.

Il lui jette un regard dur, un regard qui me ferait probablement me faire pipi dessus s'il me visait.

Mais il ne me vise pas. Je n'ai pas peur de lui, et après ce baiser – *ce baiser,* mes entrailles tremblent – je ressens tellement de choses pour lui que je n'arrive pas à y voir clair.

Il se penche et murmure dans mon oreille.

— Je sais à quoi tu penses, fillette. Et j'ai l'intention d'en *discuter* plus en profondeur très très prochainement.

Quand il dit « discuter », j'ai un flash de nous deux sur des fourrures douces devant un feu crépitant tandis que le vent d'hiver hurle à l'extérieur. Je ferme mes yeux pendant un instant. *Chères pensées lubriques : S'il vous plaît, partez. Bisous, bisous, Taylor.*

Je respire à pleins poumons et je me force à sourire.

— Tout va bien, Léandre. Ne vous inquiétez pas.

Après avoir envoyé un autre regard glacial à Selene, il se retourne et se dirige vers le camp.

— Entre filles.

Elle virevolte, ses cheveux blancs s'envolent, puis nous sommes toutes les deux de retour dans la clairière – elle se penche au-dessus de son chaudron, moi assise sur le rondin. Au moins cette fois, je ne suis pas prisonnière de sa magie.

Elle ouvre l'une de ses mains et souffle dessus comme si elle envoyait un baiser, et l'air se met à scintiller légèrement. Mes oreilles s'ouvrent, et j'ai un léger vertige avant que tout ne redevienne normal.

— Cela empêchera ton maudit compagnon de nous entendre.

L'obscurité persiste, et le sol est couvert d'une fine couche de givre. Je la fixe du regard. — C'est Léandre qui a fait tout cela ?

— Il détient le cœur du vent froid de l'hiver.

Elle confectionne une grande cuillère en bois à partir de l'air frais et remue son chaudron.

— Et dire que son pouvoir s'est estompé ici, dans le royaume du sud. Il a failli faire entrer Selene. Quand il traversera la frontière pour entrer dans le royaume de l'hiver, dit-elle en frissonnant, il sera invincible. Pas étonnant qu'il ait pris le trône. Quel compagnon puissant il sera !

— Ce n'est pas un compagnon.

— Il l'est, dit-elle en fronçant le nez.

— Non...

— Le destin, jeune fille. Le destin. On ne peut pas le changer, dit-elle en soufflant. J'ai souvent essayé de changer le mien, mais tout se passe comme cela doit se passer. Ton union est écrite depuis très longtemps.

Elle me fixe.

— Tu ressens déjà le lien.

— Je ne ressens aucun lien, dis-je en haussant les épaules.

Je me tortille sous son regard.

— Je voulais dire, je ressens *quelque chose.*

— Le désir.

Elle hoche la tête et retourne à son chaudron, ses cheveux blanc-filasse lui cachent le visage.

— Tu ressens du désir pour lui.

Je pose ma main sur ma joue rougissante.

— Je ne sais pas.

— Vraiment ? Un aussi beau guerrier du royaume de l'hiver ? Grand et fort, avec les épaules les plus larges que j'ai jamais vues, un visage aussi beau qu'on dirait un piège des Spires, dit-elle en faisant claquer ses lèvres dures.

— À mon époque Fae, je l'aurais chevauché jusqu'à avoir des ampoules aux cuisses.

— Waouh, c'est BI, dis-je en posant mes mains sur mes joues.

— BI ?

— Beaucoup d'informations.

Son gloussement fuse à travers les arbres.

— J'avais l'habitude de penser qu'il n'y avait pas trop d'informations. Mais maintenant, Selene en sait trop. Tellement que j'aimerais pouvoir sortir d'ici.

Elle ponctue chaque mot d'une claque sur le côté de la tête, le bruit du verre sur le verre.

— Mais je ne peux pas m'en débarrasser, alors je

reste dans ma grotte, cachée. Personne ne me dit rien d'autre. Je m'assois en silence avec mes beaux os.

Elle soupire en se souvenant de chez elle.

— C'est magnifique.

Mes doigts s'entrelacent pendant qu'elle regarde dans les bois pendant un moment, sa main remuant lentement tout ce qui grésille dans le chaudron. Il dégage une odeur, mais je n'arrive pas à la reconnaître. Un moment, elle est amère, l'instant d'après douce, le parfum change sans cesse.

— Une bénédiction ! dit-elle en frappant ses mains et la cuillère en bois continue à remuer alors qu'elle ne la touche plus. Je vais te donner une bénédiction, et ensuite je pourrai retourner à mes os.

— Une bénédiction signifie quelque chose de bien n'est-ce pas ?

— De bien, oui.

Elle s'assoit à côté de moi sur une buche, ses articulations craquent.

— Qu'aimerais-tu ?

J'ouvre la bouche pour répondre.

— Chut. Tu ne peux pas choisir.

Complètement confuse, je baisse la tête vers elle.

— Selene doit choisir. C'étaient les conditions. J'ai promis une bénédiction, mais je n'ai pas dit que tu la choisirais. Je sais ce que tu veux. Ou au moins ce que tu *penses* vouloir.

— Rentrer chez moi.

— Oui, c'est ça.

À la pensée de retourner dans le monde des humains, j'ai le souffle coupé. Chez moi ! De retour parmi mes livres, ma chambre et mes examens. Mais un sentiment de tristesse apparaît quand je réalise que cela signifie laisser Léandre derrière moi. Peut-être que je ne ressens pas le lien, mais depuis quelques jours, il commence à m'être sympathique. Il y a quelque chose chez lui qui m'attire. Et le baiser que nous avons échangé – je serre mes doigts plus fort – a été le moment le plus grisant de ma vie. La façon dont ses lèvres se sont posées sur les miennes, la possession dans son étreinte. Je ne me suis jamais sentie aussi désirée, aussi voulue.

— Humm.

Selene pose ses mains autour d'un genou.

J'essaie de garder un ton détaché malgré le manque d'air flagrant dans cette partie des bois.

— Quoi ?

— Je connais les pensées dans ta jolie tête. Le lien. Voilà ce que c'est. C'est juste que tu ne le réalises pas encore.

Je me lève en croisant les bras sur mon estomac.

— OK, alors au sujet de mon retour chez moi. C'est la bénédiction que je souhaite.

— Non.

Elle se met debout et lève une main vers moi.

— Ce serait une terrible bénédiction. Ça n'en vaut pas la peine. En plus, crois-tu que ton compagnon ne viendrait pas te chercher ?

Elle rit de manière un peu plus agréable que son caquètement habituel.

— Il viendrait avec le vent d'hiver et t'enlèverait dans une tempête de neige et de glace comme les humains n'en ont jamais vu. Tu serais ramenée à Arin, probablement dans son lit, en train de crier son nom.

— Alors c'est un « non » ? dis-je en soupirant

— Je choisis la bénédiction.

— Si c'est pareil pour vous, pourquoi ne pas juste me donner ce que je souhaite et me renvoyer chez moi ?

Je souffle mon expiration et j'envoie une mèche de cheveux en l'air.

— Parce que…

Je redescends à côté d'elle

— Parce que quoi ?

— Tu t'es excusée.

Elle me regarde fixement, et je jure que je perçois

quelque chose sous sa peau noire et ses dents pointues. Ou c'est peut-être *quelqu'un,* quelqu'un qui n'est pas si méchant qu'il en a l'air.

— Et personne n'a jamais fait ça à Selene. Pas depuis que je suis devenue…

Elle baisse le regard vers son corps noir et la robe grise déchirée qui la recouvre à peine.

— Que vous est-il arrivé ?

Je ne peux pas arrêter la pitié qui grandit dans mon cœur.

— C'est une vieille histoire. Une histoire que je te raconterai un jour.

Elle presse la paume de sa main sur son front.

— Oui, je l'ai vu. Seulement oublié. Je vais dans ma grotte pour oublier, pour faire taire les voix. Pour faire que tout s'arrête.

Elle fait claquer ses dents.

— Là dehors tout reprend vie à nouveau - le savoir, le BI dont tu as parlé.

Je souris à sa référence au BI.

Elle se lève et regarde attentivement son chaudron à nouveau.

— Et maintenant, je me rappelle de ta bénédiction. Ce qui est promis doit être tenu.

— Alors, pas de chemin de retour ?

— Un chemin de vie.

— Je ne comprends pas.

J'essuie mon visage et je réalise à quel point je suis fatiguée. Cette épreuve semble ne jamais finir, pas depuis la première fois où je me suis réveillée dans cette cellule, et elle commence à me peser.

— Je vous ai suivie à travers ces arbres quand vous étiez un globe noir scintillant de pourpre et d'émeraude. Un éclat scintillant qui m'a encore rapprochée.

Elle cligne lentement des yeux.

— Cette aura fait partie de ce que tu es.

— Et qu'est-ce que c'est ?

— BI, dit-elle en agitant son doigt vers moi. Tu es un phare pour toute créature des Spires. Des esprits des terres obscures viendront te chercher. Peut-être par curiosité. Peut-être pour un avant-goût de ce qui brille si joliment sous la lumière de minuit.

Je me mords les lèvres

— Je n'ai pas envie d'être vue. Cet endroit est assez effrayant sans cet éclat dont vous parlez qui ferait de moi un aimant pour les mauvaises choses.

— Pas mauvaises. Le mal.

L'exaspération ne couvre pas ce que je ressens. Si elle en sait autant, pourquoi ne me le dit-elle pas au lieu de parler par énigmes ? Mais je peux déjà dire que toute question directe ne me mènera nulle part. Ça ne m'empêche pas d'essayer.

— Pourquoi je brille pour le mal ?

— Je n'ai pas dit *pour* le mal. J'ai juste dit que tu brilles et c'est une tentation pour les créatures sombres comme moi.

Elle attrape à nouveau la cuillère et la plonge profondément le chaudron bouillonnant et fumant.

— Le voilà.

En se redressant, elle prend un petit pois au bout de la cuillère.

— Qu'est-ce que c'est ?

— Mange-le, dit-elle en me le donnant.

— Qu'est-ce que c'est ?

Je le prends et je l'inspecte. Il ressemble à un petit pois. Vert, rond et, c'est le légume que j'aime le moins.

— C'est comme un... dit-elle en mettant une capuche en lambeaux sur ses cheveux. Manteau. Il cache ton éclat. Il te cache jusqu'à ce que tu sois prête à ne plus être cachée.

— Et ce sera quand ?

Je lève la main.

— Je sais, BI.

— BI, répond-elle en hochant la tête. Mange-le.

— C'est sans danger ?

J'observe la petite chose verte. Elle semble inoffensive. Mais j'ai lu assez de contes de fées pour savoir qu'il ne faut jamais manger ce qu'une sorcière vous donne.

Elle fait claquer ses dents.

— Mange-le.

J'aimerais que Léandre soit là pour m'aider, pour me dire si c'est du poison ou juste un petit pois normal. Mais c'est peut-être une décision que je dois prendre toute seule.

Je prends une grande inspiration.

— Je vous fais confiance Selene, dis-je en le mettant dans ma bouche, je le mâche une seule fois avant de l'avaler.

— Confiance ?

Ses sourcils se soulèvent et ses dents pointues claquent.

— Tu ne dois jamais faire confiance. À personne. Certainement pas à moi, jeune fille. Ne *jamais* faire confiance à une sorcière.

Ma gorge se serre, et je l'agrippe avec les mains tandis que mes yeux se remplissent de larmes. Oh, mon Dieu, qu'est-ce que j'ai fait ? Je n'arrive pas à respirer.

La sorcière se contente de m'observer avec un air satisfait alors que ma vision s'assombrit.

CHAPITRE 3

LÉANDRE

J'ai envisagé plusieurs manières de torturer la sorcière, j'en ai même évoqué quelques-unes avec Gareth en attendant Taylor. J'ai été idiot de la laisser seule avec la sorcière. La perte de sang a dû altérer ma raison. Pour la centième fois, je maudis ma faiblesse et je continue à faire les cent pas.

Lorsqu'elle émerge du bois mystérieux quelques minutes plus tard, je me précipite vers elle.

— Es-tu blessée ?

— Non, dit-elle en se frottant les yeux.

— Je vais bien. Mais apparemment, j'étais brillante ? Et maintenant, je ne le suis pas.

— Brillante ?

Je passe mon bras autour de ses épaules alors que

le calme étrange causé par la sorcière disparait. Des fées sortent de leur cachette, leurs lueurs brillantes scintillent ici et là dans les arbres.

— Youpi, crie-t-elle

— Elle est partie maintenant. De retour dans sa grotte.

— Quelle bénédiction t'a-t-elle donnée ?

Je l'arrête et je la retourne face à moi pour chercher une quelconque blessure. Chaque seconde où elle a été partie était une torture extrême. Et quand la sorcière a lancé un sort de barrage ? Je suis devenu fou de rage, coupant et entaillant le mur entre nous de toutes mes forces. Mais le pouvoir de la sorcière est ancien et beaucoup plus profond que le mien. Je n'ai pas pu atteindre ma compagne. Ça me vidait.

— Je ne te laisserai plus jamais, mon petit.

— J'étais bien. Elle ne m'a pas blessée, dit-elle en haussant les épaules.

— En fait, je pensais qu'elle m'avait blessée, mais je pense que la magie était un peu dure à avaler.

— Il faut que tu m'expliques.

Je la prends gentiment par le menton pour lui relever la tête.

— J'ai mangé un petit pois de son chaudron.

J'ai du mal à avaler.

— Accepter de la nourriture d'une sorcière est une mauvaise idée.

— Je sais. Je crois que certaines choses sont universelles, dit-elle en me faisant un sourire las.

— Mais il y avait quelque chose chez elle. Quelque chose qui m'a poussé à lui faire confiance, même quand elle m'a dit de ne pas le faire.

J'envoie des tonnes de remerciements aux Ancêtres parce que Taylor n'est pas blessée.

— Quoi qu'il en soit, elle a dit que mon aura avait une lueur bizarre, et que je ne durerais pas dans ce monde à moins qu'elle ne l'atténue. Alors, elle m'a donné un petit pois – je déteste les petits pois – et je l'ai mangé. Maintenant, je ne suis plus si brillante. Mais elle a dit que je pourrai briller à nouveau quand je le voudrai.

Elle se frotte encore les yeux.

— Je ne suis pas vraiment sûre de ce que cela veut dire. Mais à ce stade, je ne fais qu'encaisser les coups de poing.

— Des coups de poing ? Elle t'a frappé ?

Un grognement monte en moi, et je prends mon épée.

— Non.

Elle pose ses petites mains sur ma poitrine, ma chemise est toujours tachée de sang.

— C'est juste une façon de parler. Je voulais juste dire que je fais de mon mieux avec toutes ces choses bizarres. Honnêtement, je n'arrive même pas à réfléchir en ce moment. Je suis trop fatiguée.

Je la prends dans mes bras. Elle ne proteste pas quand je la ramène au camp, ses yeux se ferment tandis que sa respiration ralentit.

Beth est assise près du feu, l'inquiétude se lit sur son visage alors que nous approchons.

— Elle va bien ? Où est la sorcière ? Que s'est-il passé ?

— Tout va bien, Changeling. Repose-toi.

— Me reposer dit-elle en levant les mains.

— Quand je me suis réveillée, Taylor était partie et ensuite j'ai été gelée dans le sol ! Je ne peux pas me reposer, pas quand il y a une obsidienne...

— La sorcière est partie, et je n'ai aucune raison de geler à nouveau le sol.

Je tombe à genou sur ma couverture et j'allonge Taylor aussi doucement que possible. Mes blessures brûlent toujours, les griffes de la sorcière sont parfaites pour couper la peau et les nerfs. Mais grâce à la magie de Gareth, je serai guéri demain matin. La prochaine fois que je quitterai la Haute Montagne, je m'assurerai d'amener Valen avec nous. S'agissant de la sécurité de ma compagne, sa magie de guérison contribuerait largement à ma tranquillité d'esprit. Non pas que j'ai l'intention de l'exposer au danger, pas plus que je ne l'ai déjà fait. Elle sera en sécurité au royaume d'hiver.

Elle porte sa main sur le côté pour attraper quelque chose dans les plis de sa robe. Son souffle est lent et doux, son esprit apparemment déjà enveloppé dans un rêve confortable.

Avec précaution, je passe ma main le long de la sienne. Quand mes doigts frôlent quelque chose d'étrangement chaud au toucher, je sais instinctivement ce que c'est.

— Par les Ancêtres.

Je ne peux retenir mon exclamation en sortant le poignard de l'Obsidienne de la robe de Taylor.

— Est-ce que c'est un…

Gareth s'agenouille à côté de moi et touche la lame noire taillée, la poignée ronde et petite, parfaite pour la main de Taylor.

— Une épée courte obsidienne.

Je tiens la lame en l'air sous la lumière de la lune. Elle aspire la lueur qui l'entoure, comme si elle avalait la lumière.

— La sorcière a fait ça pour elle, dit Gareth en se frottant la barbe.

— Je n'ai jamais entendu parler d'une obsidienne

donnant sa vie en cadeau de son plein gré. Même la promesse d'une bénédiction ne pourrait pas englober un tel cadeau.

J'examine l'épée, une légende. On dit qu'une épée forgée avec la peau d'une sorcière obsidienne peut tuer n'importe quelle créature – une chose non négligeable – et que la lame obsidienne se régalera des âmes de ses victimes.

— Je n'ai jamais vu une telle lame.

Gareth l'observe avec le même respect que celui que je ressens moi-même.

— On dit que la dernière à avoir été fabriquée a été perdue lors de la Bataille des Spires, il y a des lustres.

— Elle me l'a donnée.

Les yeux ensommeillés de Taylor s'ouvrent juste assez afin que je puisse avoir un aperçu de leurs profondeurs bleues.

— Pas pour tenir sa promesse – c'était un sort pour diminuer mon éclat –, mais parce qu'elle m'appréciait. Et peut-être parce que j'ai failli m'étouffer avec son petit pois.

Elle roule sur le côté et prend son visage dans ses mains.

— Sélène n'est pas si mauvaise. Vous devriez lui donner une chance.

Elle s'endort à nouveau en poussant un petit soupir.

Je ne sais pas quoi penser de tout cela – que ce soit le sort de l'aura ou l'épée. Mais une chose est sûre, ma compagne est assez extraordinaire pour gagner une alliée dans l'endroit le plus sombre de notre monde. Je caresse ses cheveux.

— Je vais juste... Gareth pose son pouce sur son épaule et retourne près du feu.

Je m'allonge près de Taylor et je la prends doucement dans mes bras. Elle ne bouge pas, elle se fond simplement contre moi, son corps se relâche tandis que sa respiration chatouille ma gorge. À nouveau mon corps réagit, exigeant que je la prenne. Mais je le tempère et je profite simplement de la joic de la tenir contre moi. Même si elle est en sécurité dans mes bras, une sensation de malaise s'insinue encore en moi.

Je devine que Gareth patrouille dans les bois pour faire un dernier contrôle de notre périmètre. La menace de la sorcière s'en est allée, sa présence menaçante a disparu. Les fées volètent çà et là, et une chouette hulule son consentement très haut au-dessus de nous.

Le sentiment de malaise perdure.

Que se passera-t-il quand la prochaine menace

surgira ? Je dois protéger Taylor à tout prix. Je n'aurais jamais dû la laisser avec la sorcière – promesse ou pas. Je ne peux pas la mettre en danger à nouveau. Pour son salut… et pour le mien. Ça me frappe de plein fouet, quel que soit ce sentiment. Je ne l'ai pas reconnu. Les guerres que j'ai traversées, les choses que j'ai faites pour mon royaume – j'ai cessé d'éprouver de la peur depuis des siècles. C'était inutile. Aucune raison de craindre la mort d'autant plus lorsqu'elle est dans chaque coin, à l'affût, un poignard entre les dents. Mais maintenant, j'ai vraiment une raison de m'inquiéter. J'embrasse les cheveux de Taylor et elle se blottit encore plus près.

Il n'y a qu'une solution. Je dois la garder si près que rien ne peut la toucher sans me toucher en premier. Je ferme les yeux et je me laisse aller, mon esprit apaisé avec rien d'autre que mes pensées pour elle.

CHAPITRE 4

TAYLOR

— Psst.

J'ouvre mes yeux vaseux pour voir Beth à côté de moi en train de me lever.

— Quoi ?

— Chut ! Elle pose un doigt sur ses lèvres.

Léandre sommeille à côté de moi, un bras drapé sur ma taille, son corps serré contre le mien.

Beth me fait signe à nouveau.

— Tout va bien, dis-je en murmurant et en m'éloignant doucement de Léandre.

Il me tire vers lui, mais ne se réveille pas. Beth lève les yeux au ciel.

Cette fois-ci, je fais plus doucement, en levant son bras et en me dégageant. Une fois que je suis au bord des fourrures, je repose son bras puis, je me glisse à l'extérieur.

Beth m'aide à me mettre debout en maintenant son doigt toujours sur ses lèvres, elle passe sur la pointe des pieds près de Gareth qui est assis contre un arbre tout près, les yeux fermés. Je la suis, en faisant attention de ne pas faire de faux pas. Ils devaient être épuisés après leur duel avec la sorcière, parce qu'aucun des deux ne se réveille lorsque nous nous glissons hors du camp.

— Que faisons-nous ? dis-je en murmurant.

Elle me fait juste signe d'avancer. Le soleil pointe à travers les arbres, l'air chaud nous caressant alors que nous traversons le sol de la forêt jonché de fleurs. Le bruit de l'eau attire mon attention et Beth s'arrête et me montre du doigt l'endroit.

À travers les arbres, j'aperçois un bassin scintillant qui reflète la lumière du jour. Je me sens soudain desséchée. Je plisse le nez en reniflant mon aisselle.

Beth hâte le pas en se déshabillant au fur et à mesure qu'elle avance. Après avoir jeté un coup d'œil pour m'assurer que nous sommes seules, je la suis. Les fleurs odorantes deviennent plus denses, d'un pourpre profond, parsemées de rosée matinale. J'enlève mes chaussures, puis je passe ma robe par-dessus ma tête. Elle s'enlève facilement, en partie parce qu'une couture est décousue à cause de l'attaque du Fae des écuries et en partie parce que j'ai perdu un peu de poids depuis que je suis arrivée ici.

Beth se débarrasse de son dernier vêtement, une sorte de sous-vêtement, et je frémis. Les marques de crocs couvrent tout son corps, pas seulement ses bras.

Elle regarde ses frêles épaules et soupire.

— Je t'avais dit que je préférais mourir plutôt que de retourner servir de jouet à mâcher pour les chiens vampires de mon maître. Maintenant, tu vois pourquoi.

— Je suis désolée. Je n'avais aucune idée.

Elle hausse les épaules.

— Ce qui est fait est fait.

D'un bond, elle saute dans l'eau claire, des gouttes fraîches aspergent ma peau nue.

J'enlève mes sous-vêtements et je la suis, bien que ce ne soit pas l'euphorie. J'ai toujours été modeste, à la limite de la timidité maladive, si maigre à force de voyager dans les bois avec une nouvelle amie – je m'arrête à cette idée. Beth est mon amie. J'ai réussi à faire quelque chose dans ce Nouveau Monde qui m'a toujours échappé dans mon Ancien Monde. J'avais des camarades d'étude, bien sûr. Mais une vraie amie ? Non. Pas comme ça.

— Ne reste pas plantée là, saute !

Elle balaye la surface avec son bras et m'asperge.

Je crie et me détends dans la piscine, mes pieds sont hésitants en marchant sur le fond sablonneux. Elle s'immerge complètement et quand j'arrive au milieu, j'ai de l'eau jusqu'au cou. L'eau est froide, mais je sais qu'une fois que je m'y serai habituée, je ne voudrais plus jamais partir. Je tuerais bien pour un savon, mais l'eau suffira.

En levant les pieds, je flotte un peu et je patauge. Les oiseaux chantent dans les bois verts, et le bruit des animaux dans les sous-bois me rassure sur le fait que rien de dangereux n'est à proximité. Tout est devenu si silencieux quand la sorcière était sur nos traces. Maintenant, la forêt est vivante. J'ai poussé un profond soupir de purification de l'âme et j'ai trempé mes cheveux, laissant les mèches s'enrouler autour de moi dans l'eau fraîche.

Beth réapparait finalement et retire ses cheveux mouillés de son visage.

— J'en avais besoin.

— Tu peux encore le dire, dis-je en riant.

Elle sourit et m'asperge.

— Tu ne sens pas très bon toi-même, dit-elle en Fae.

— Je comprends, dis-je dans la même langue.

Ses sourcils remontent jusqu'à la racine de ses cheveux.

— Comment ?

— La sorcière voulait bavarder, dis-je en remuant mes doigts à la surface de l'eau. Alors elle a implanté cette langue dans mon cerveau.

— Puissante magie, dit-elle en penchant la tête vers moi.

— Et tu dois me donner tous les détails sur ce qui s'est passé. Mais d'abord, je voudrais redire qu'en fait ce que nous sommes en train de faire ça craint.

— Je sais, dis-je en grimaçant.

— Je rêve de savon.

— Ça peut se faire.

Elle nage en petit chien jusqu'au bord de l'étang et arrache quelques fleurs violettes de leurs tiges.

— Qu'est-ce que c'est ?

— Ce sont des blumerin. Ils les écrasent et les mélangent avec d'autres ingrédients pour fabriquer le savon du palais.

J'en prends une poignée et je les écrase. Une légère teinte bleutée s'échappe des feuilles, mais le parfum est fantastique. Je veux bien ressembler à un schtroumpf si je sens la tarte aux myrtilles.

— Comme ça, dit-elle en les frottant entre ses mains.

— Elles ne sont pas très savonneuses, mais elles moussent un petit peu.

Les doux pétales sont presque comme des éponges quand je les frotte dans les paumes de mes mains et que je commence à me savonner le cou et les épaules.

— C'est divin.

Je frotte derrière mes oreilles et je prends plus de fleurs. Lorsque nous avons fini, nous nous sommes lavées le corps et les cheveux.

Elle s'arrose avec les mains remplies d'eau une fois de plus, puis incline sa tête en arrière et laisse un rayon de soleil jouer sur ses formes.

— Tu es jeune.

La réflexion m'a échappée.

— Je veux dire, tu es plus jeune que ce que je pensais. Toute cette poussière te faisait paraitre plus vieille.

Elle se met à rire.

— Merci. Je pense avoir probablement dans les vingt-cinq ans.

— Tu ne le sais pas ?

— Non. Notre âge n'est pas important. Nous sommes soit assez jeunes pour travailler ou assez vieilles pour être abandonnées.

— Abandonnées ? dis-je en retirant un morceau de fleur de ses cheveux.

— Lorsque les Changelings sont vieux, leurs maîtres les jettent dehors.

Elle nage jusqu'au bord du bassin et attrape nos vêtements crasseux.

— Ils les envoient vivre dans la rue jusqu'à ce qu'ils meurent.

Je serre mes bras autour de moi.

— C'est horrible.

— C'est comme ça.

Elle commence à laver ma robe dans l'eau.

— Les Changelings n'essaient jamais de s'échapper ?

— Ils essaient, dit-elle en hochant la tête. Je l'ai fait, mais je ne suis pas allée loin. Mais même si j'avais réussi à sortir du palais, l'Attrapeur serait parti à ma recherche.

— L'Attrapeur ?

— Un Fae cruel qui ramène les Changelings fugitifs à leurs maîtres.

Elle frotte la paume de ses mains sur ses biceps.

— Il est implacable une fois qu'il est sur ta trace.

Tous les Changelings sont informés de son existence lorsqu'ils arrivent ici et, ceux qu'il attrape… quand ils reviennent ils ne sont plus les mêmes une fois qu'ils ont fait un tour avec lui.

Je ne peux pas imaginer l'horreur de l'histoire de Beth, mais je sais qu'elle est forte pour y avoir survécu.

— Je suis désolée.

— Je le suis aussi, pour tous ceux qu'il a attrapés, dit-elle en s'éclaircissant la gorge tout en continuant à laver nos vêtements.

— Je vais t'aider, dis-je en attrapant ses sous-vêtements.

— Non, dit-elle en m'aspergeant. J'aime faire la lessive. Je déteste toutes les autres tâches ménagères, mais la lessive c'est mon truc.

— Vraiment ? Je déteste charger la machine de mon campus, principalement parce que je dois supplier pour pouvoir l'utiliser. Oh, et la moitié du temps, quelqu'un arrive et sort mes affaires pour mettre les siennes dedans.

Elle me regarde.

— Je n'ai aucune idée de ce que tu viens de dire, mais…

— Des problèmes du premier monde, dis-je en

haussant les épaules. Je n'ai jamais lavé le linge comme tu le fais.

Elle frotte le tissu et y ajoute quelques fleurs bleues.

— C'est la seule manière que je connaisse.

— Chez moi, nous avons des machines qui font toute la lessive.

— Chez moi, dit-elle en baissant un peu le menton.

— Oui.

Je flotte vers elle et pose ma main sur son épaule.

— Je sais que tu ne t'en souviens pas. Je suis désolée.

Elle s'éclaircit la gorge et hausse les épaules pour chasser ma main.

— Chez moi, ça n'existe pas. Mais laver les vêtements c'est quelque chose que je peux contrôler.

Je pense à plusieurs idées de réponse, mais rien ne semble approprié, aussi je laisse tomber. Mais je sais qu'il y a un foyer pour elle quelque part. Et je commence à suspecter que son foyer pourrait être avec moi.

Après un moment, elle me demande ce qui s'est passé avec la sorcière. Reconnaissante pour la fin de ce silence gênant, je lui raconte les détails tandis qu'elle lave et étend nos vêtements sur une branche basse.

— Je commence à être fripée, dis-je en montrant mes doigts.

— On peut sortir.

Elle tourne dans l'eau, envoyant des petites ondulations à la surface.

— Il y a du soleil là-bas, dis-je en lui montrant un coin au-delà des fleurs.

— On pourrait peut-être s'allonger là-bas et se sécher pendant une minute ?

— Ça me va.

Elle grimpe hors de l'eau, les marques de morsures prennent une fois de plus un relief aigu. On voit ses côtes sous la peau, et je me dis qu'il faudra que je m'assure qu'elle mange assez à chaque repas.

Je la suis à travers les fleurs et le coin ensoleillé couvert d'herbe. Nous nous allongeons, le soleil chaud séchant les gouttelettes sur ma peau. Je suis exposée, mais les bois sont calmes et Beth ne m'a pas lancé un deuxième regard. Nous faisons un genre de « nous sommes nues au milieu de nulle part » comme une paire de pros.

— Existe-t-il quelque chose d'aussi bon ? dis-je en soupirant et en fermant les yeux.

— Pas que je m'en souvienne, non.

Un soupir qui me rappelle que je suis loin de chez moi essaie de m'envahir, mais je l'en empêche. Je suis ici maintenant, en sécurité et au chaud avec une amie. C'est un plaisir que je n'ai jamais connu dans le monde des humains.

Le soleil nous réchauffe, coupant le froid de l'eau qui persiste et chatouillant tous mes coins et recoins exposés. Jamais auparavant je ne me suis exposée nue. J'ai l'impression d'être une mauvaise fille, et j'aime assez ça.

— Cela me rappelle cette stupide émission de télé chez moi. Elle passe sur une de ces chaines de téléréalité et elle s'appelle « Nus et effrayés » ou quelque chose comme ça.

— Une émission ? Comme un jeu ?

— Un genre de jeu oui. Mais c'est sur un petit appareil rectangulaire et tu peux regarder toutes sortes de choses, regarder la vie d'autres personnes, te distraire avec des films de fiction. Ils utilisent une caméra qui enregistre tout.

Elle me lance un regard perplexe.

— C'est difficile à expliquer. Comme une peinture qui bouge. Mais quoi qu'il en soit, il y a cette émission où ils débarquent deux étrangers au milieu d'un désert, d'une île, ou au milieu des bois, et ils sont nus. La caméra les suit – un peu comme si tu regardais par une fenêtre, et ils ne réalisent pas que tu es là – et ils montrent ce qu'ils font une fois qu'ils sont abandonnés. On voit les décisions qu'ils prennent, des trucs comme ça.

— Pourquoi font-ils ça ?

Sa voix est basse, endormie.

— Pour voir s'ils peuvent survivre. Ils doivent vivre dans cet endroit isolé avec un étranger pendant un mois ou deux. Ils doivent se battre contre les éléments, les insectes et les animaux et chercher de la nourriture. Mais s'ils se rendent compte qu'ils n'y arriveront pas, ils peuvent appeler les secours.

Elle renifle.

— Ça ressemble à ma vie – le danger, la peur, le chapardage – jusqu'à ce que tu arrives avec l'équipe de secours. Personne n'est jamais venu me sauver de Granthos.

— Je dirais plutôt que tu t'es sauvée toi-même.

Elle pose un baiser sur mon bras.

— M'énerver dans le donjon n'était pas me sauver moi-même.

— Eh bien, tu m'as rencontrée dans le donjon, et ta gentillesse est ce qui a permis de te sauver ; aussi je considère que tu t'es sauvée toi-même.

— Gentillesse ? dit-elle en soupirant. J'essayais juste de te faire arrêter de hurler et d'attirer l'attention.

— Tu esquives, dis-je en lui rendant son baiser. Tu m'as prévenue, tu te souviens ? Tu as essayé de m'aider, même quand tu étais en mauvaise posture. Peu importe ce que tu avais vécu, tu étais toujours gentille. C'est pourquoi nous sommes là, allongées sous le chaud soleil, aussi libres qu'on peut l'être.

— Aussi nues qu'on peut l'être aussi, dit-elle en étirant ses bras au-dessus de sa tête.

— Je pourrais même m'y habituer.

Elle soupire et après une longue pause dit calmement.

— Je suis heureuse de t'avoir rencontrée ce jour-là.

— Moi aussi.

Son ronflement accentue mon sentiment, et je souris un peu. Elle au moins est prévisible.

Je bâille et j'étire mes bras aussi. Le soleil perce à travers mes paupières et c'est comme une promesse que le jour sera plus brillant que jamais.

Je ne sais pas depuis combien de temps je somnole, mais je sais ce qui me réveille : un rugissement guttural qui transperce mes rêves d'un écho terrifiant.

CHAPITRE 5

LÉANDRE

Je me réveille glacé et mal à l'aise. Elle est partie. Partie de mon lit, seules son odeur et l'épée obsidienne sont restées.

Je me lève immédiatement.

— Gareth !

Il ouvre les yeux et regarde tout autour.

— Je me suis end...

— Partie, dis-je en donnant un coup de pied dans une bûche en train de s'éteindre.

— Cette Changeling a kidnappé ma compagne !

— Ne t'inquiète pas, dit Gareth en scrutant les alentours à travers les arbres.

— Elles ne peuvent pas être loin.

J'ai le cœur serré et mon besoin primitif de

trouver Taylor est comme une flèche remplie d'épines plantée dans ma gorge. Je hume l'air en essayant de trouver une trace d'elle.

— Par-là, dit Gareth en passant à travers les arbres.

Je lui emboîte le pas et je sens la même odeur qui l'a attirée. Elle se développe dans cette forêt ensorcelée, mais l'odeur est forte, pas à sa place, et en dessous — je détecte un infime indice de la présence de Taylor.

Je le dépasse en sortant mon poignard. Comment ai-je pu la laisser partir dans la nuit ? Quelle sorte de compagnon suis-je ? D'abord la sorcière et maintenant ça. Elle continue à me glisser entre mes doigts, peu importe la force de mon étreinte.

Un ruisseau coule devant moi et un grand bassin scintille au soleil. Le sol est en désordre, les fleurs sont couchées. Elle est passée par là. Je deviens sauvage, mon corps se précipite avant même que mon esprit réalise ce qui est train de se passer. Mais je m'arrête tout à coup.

Je. M'arrête. Foudroyé.

Ses yeux sont fermés, ses cheveux sont mouillés, son visage est splendide, sa peau est magnifique, son corps est exquis — elle est allongée nue, ses seins offerts au soleil, ses doux tétons roses, son magnifique ventre et ensuite la légère touffe de poils nets entre ses cuisses. Mon esprit se fige, et le lien se resserre encore. Ma verge palpite et ma bouche devient sèche. Je dois la prendre, je dois la marquer comme mienne avant qu'un autre mâle ne la voie. Je vais le faire maintenant.

Je m'avance dans sa direction.

— Qu'est-ce... dit Gareth en haletant alors qu'il essaye de me rattraper.

Gareth. Gareth est en train de regarder mon incomparable compagne. Je me tourne vers lui et je sors mon épée en poussant un rugissement qui fait trembler les arbres.

Il sort son épée et la tient devant son corps en position défensive.

— Léandre, le lien est en train de te rendre...

— Elle est à moi !

Je me rue vers lui, mon épée s'envole avec une fureur qui semble s'infuser dans le métal pour lui donner encore plus de mordant.

Il tombe à la renverse, son épée dansant avec la mienne alors que je pivote et que je porte des coups, chaque pas le faisant reculer de plus en plus.

— Léandre ! crie-t-il quand je lui porte un coup tellement dur qu'il aurait fait tomber n'importe quel autre Fae.

— Je suis ton ami.

— Tu as regardé Taylor !

Je m'avance encore vers lui, mais il me bloque.

— Ce n'est pas *elle* que je regardais !

— *Un mensonge,* murmure le Fae sauvage à l'intérieur de moi.

— *Il veut ta compagne. Elle n'est pas revendiquée, pas marquée, une proie facile.*

J'avance à nouveau, en mettant toute ma volonté dans un assaut qui remplit les bois des bruits de la bataille. Avec une rotation finale, je fais tomber l'épée de sa main et il tombe contre un arbre les mains en l'air.

Ma respiration est haletante, et je lève mon épée pour lui couper la tête, mettant fin à sa vie d'immortel.

— Léandre !

Un cri derrière moi me fait ouvrir les yeux.

— Qu'êtes-vous en train de faire ? Laissez-le partir !

Des pas légers à travers les fleurs, un parfum qui envahit mes rêves. *Taylor.*

Je me tourne vers elle en rengainant mon épée. Gareth n'était qu'une distraction. Revendiquer ma compagne est plus important. Une fois que je l'aurais marquée, je n'aurais plus de rivaux.

Elle lève les yeux vers moi, sa robe encore mouillée collée à son corps. J'en connais chaque centimètre. Maintenant, je dois la goûter. J'avance, mon sang bat dans mes veines, sa présence m'appelle de toutes les directions.

Elle recule, les bras tendus devant elle.

— Qu'est-ce qui *ne va pas* chez vous ?

— Tu es ma compagne.

Je repousse ses mains et je la prends dans mes bras. « La mienne. » L'embrasser est la seule chose que je n'ai jamais faite qui m'a semblé absolument juste. Il n'y a pas d'erreur, de défaut ou de doute. Sa bouche a été faite pour moi, et je suis son esclave dévoué. Je l'embrasserai jusqu'à ce qu'elle connaisse ces vérités au plus profond de son cœur, qu'elle puisse me sentir en elle. Elle marmonne contre mes lèvres, et je glisse ma langue contre les siennes, profitant de chaque ouverture pour la soulever contre moi.

Ses petites mains s'agrippent à mes épaules lorsque je l'appuie contre un arbre. Quand ma queue se cogne contre la chaleur entre ses cuisses, je gémis et ma langue se fait plus insistante. Elle ouvre la bouche plus grand, et je réponds à l'invitation en l'embrassant avec une passion qui nous enveloppe tous les deux.

Je prends ses fesses à pleines mains, puis je relève sa robe. Ses jambes s'ouvrent davantage pour moi, ses talons s'enfoncent dans mes fesses.

Elle appuie légèrement sur ma poitrine, puis se retire.

— Léandre, attendez.

Je la suis et je presse mon front contre le sien, mes crocs frôlant ses lèvres.

— Tu ne le sens pas ?

Je grogne. Son cœur bat la chamade, la veine à sa gorge palpite.

— Je sens... dit-elle en me regardant dans les yeux. J'admets que je ressens quelque chose. Je veux...

Elle secoue la tête.

— Je ne sais pas ce que je veux.

— Je ressens ton excitation, fillette.

Je pousse mes hanches contre elle et le chuchotement revient sous ce contact. *Revendique-la, revendique-la.*

— Je sais ce que tu veux.

— C'est juste trop rapide.

Son regard s'égare sur mes lèvres, et son corps se raidit pendant un instant.

— Ce que je veux dire c'est que je désire ça, dit-elle en rougissant. Je peux l'admettre. Mais je ne suis pas prête.

— Rapide, dis-je en me moquant d'elle. J'aurais pu te revendiquer à la seconde où je t'ai vue, te jeter sur la table et te faire gémir.

Elle fronce les sourcils.

— Vous ne pouvez pas prendre ce dont vous avez envie comme ça.

Je la pousse plus fort contre l'arbre et lui attrape les cuisses.

— Je suis le roi du royaume de l'hiver. Je prends ce qui est à moi.

Elle fronce encore plus les sourcils.

— Maintenant, vous êtes juste un abruti.

— Un abruti ? dis-je en riant. Personne ne m'a insulté depuis belle lurette.

Elle me repousse en s'appuyant sur ma poitrine.

— Vous avez peut-être besoin que quelqu'un vous insulte pour vous rappeler à l'ordre quand vous vous conduisez comme un gros connard.

— Qu'est-ce que c'est un connard ?

— C'est ce que vous êtes. Alors, reposez-moi sur le sol.

— Te laisser partir ? dis-je en resserrant mon emprise. Jamais.

— Posez-moi. Maintenant.

Le tranchant du ton de sa voix transperce le

brouillard dans lequel l'envie de m'accoupler m'a plongé.

Je la pose par terre gentiment, même si j'ai trop envie de la garder dans mon étreinte.

— Qu'est-ce qui ne va pas chez vous ? dit-elle en croisant ses bras et en me regardant droit dans les yeux. Pour l'amour de Dieu, une minute vous êtes tendre et gentil, et vous me nourrissez à la main, et ensuite vous êtes un connard d'alpha, qui grogne et qui devient complètement fou !

La brume sexuelle commence à se dissiper, et ma tête recommence à fonctionner. Je me frotte le visage avec une main. Sa colère dissout le brouillard, me ramène à moi, renvoie le besoin féroce dans mes profondeurs. Par les Ancêtres, elle a raison. Je me suis comporté comme un con.

— Ce n'est pas de sa faute, dit Gareth en se plaçant à ma gauche. C'est le lien. Dans les temps anciens, vous l'auriez immédiatement senti et vous seriez déjà unie à lui. Mais maintenant, avec la malédiction, qui sait à quel point le lien est affecté. Je ne suis pas sûr, mais je crains que plus il passera de temps sans vous revendiquer, plus il deviendra sauvage.

Gareth. Le monde extérieur est de nouveau au

centre de mon attention. Je viens de l'attaquer. J'ai failli le tuer. Mon meilleur ami.

— Je suis tellement désolé.

Je recule, loin d'eux pour éviter d'essayer de les blesser à nouveau.

— Je ne sais pas ce qui s'est emparé de moi.

J'y repense et j'aperçois une peau claire, des tétons roses, une touffe de poils bien épilés, et…

— Non.

Je me frotte les yeux. Si j'y repense encore, je vais à nouveau devenir fou.

— Je t'ai vue et je suis devenu une créature instinctive. Un connard comme tu as dit.

— Connard, est peut-être un tantinet sévère, dit-elle en souriant un peu.

— C'était juste un peu de peau, dit Beth en se levant et en coiffant ses cheveux avec ses doigts.

— Vous devez vraiment apprendre à vous comporter en permanence en gentleman, que vous soyez nu ou pas votre Majesté.

Gareth s'éclaircit la gorge.

— C'était beaucoup de peau. Trop. Vous vous êtes comportées comme des nymphes. Et je sais que c'est toi qui l'as entraînée hors du droit chemin.

Il pointe un doigt vers elle sans croiser son regard.

Je le regarde de plus près. Est-il en train de... rougir ?

— Je l'ai emmenée prendre un *bain,* raconte-t-elle. Vous les Faes vous êtes des brutes parfaitement heureuses quand elles se défoulent sans se laver, mais pas nous.

— Les Fae des brutes ? dit Gareth en fronçant les sourcils. Pour une esclave changeling, tu as une bien grande bouche.

— Je sais. Je t'ai vu la regarder, répond-elle pince-sans-rire.

Gareth a l'air gêné, et je laisse échapper un gros rire. Taylor rit aussi, puis retire sa main en ouvrant ses doigts.

— On a un tombé de micro ici.

— Un tombé de micro, dis-je en penchant ma tête vers elle.

— C'est un truc du monde des humains. Ça veut juste dire que Gareth a commencé et que Beth a fini.

—Humm. Les humains ont une terminologie tellement bizarre, mais je veux en savoir plus.

— Il faut lever le camp.

Gareth grogne, les yeux baissés alors que Beth se retourne et déambule au milieu des arbres.

— On y va.

J'attrape l'ourlet de ma tunique et je la passe au-dessus de ma tête. Je ressens une certaine satisfaction en voyant le regard de Taylor se poser sur ma chair nue.

— Mais nous devons d'abord nous laver.

Je défais mon pantalon, et Taylor se retourne rapidement, sa robe volant autour d'elle.

— Vous ne pouvez pas vous déshabiller devant moi ! dit-elle en hochant la tête.

— Pourquoi pas ?

Je retire mon pantalon, mon érection est fière et puissante.

— Ce corps est à toi, ma compagne. Tout entier. Il a été créé uniquement pour toi.

Je fais un grand pas vers elle, mais elle ne se tourne pas.

— Vous êtes nu. Juste derrière moi. Nu.

Je me penche plus près, mes lèvres près de son oreille.

— Tu peux regarder tout ce que tu veux. Ça ne me dérange pas. En plus, je t'ai vu, je vais rêver de ta magnifique peau, de tes seins parfaits, et de tes cuisses veloutées pendant le restant de ma vie.

Elle frissonne, sa respiration s'accélère. Je promène un doigt sur son cou délicat, avant de presser doucement mes lèvres à cet endroit. Si doucement. Sa respiration est difficile à mesure que je suçote sa peau en avançant près de son oreille.

Un énorme plouf vient interrompre ce moment et je me tourne pour apercevoir les cheveux noirs de Gareth disparaître sous l'eau.

— Nous continuerons plus tard, dis-je en mordillant le lobe de son oreille.

Elle se tourne en toute hâte vers le camp.

— Il faut que, hum, je dois…

Elle ne termine pas sa phrase et s'en va rapidement à travers les arbres.

Je m'étire et je me dirige vers le bassin. Gareth envoie de l'eau à l'extrémité du bassin pour attraper des blumerin. Pendant que je patauge, je sens le regard de Taylor sur moi, et lorsque le vent frais transporte le parfum de son excitation pour moi, je grogne et je plonge sous la surface étincelante.

CHAPITRE 6

TAYLOR

Nous passons les trois jours suivants à voyager à travers la forêt, les chevaux ne galopent plus à un rythme d'enfer. Gareth et Léandre gardent l'œil ouvert, s'arrêtant de temps en temps pour écouter le vent murmurer dans les arbres. Dormir à côté de Léandre devient un peu plus agréable chaque nuit, son corps chaud et ses tendres caresses apaisent mes craintes.

— Y a-t-il une satanée ville par ici ? demande Beth en se frottant le bas du dos.

— Il y a des villes, répond Gareth en s'éloignant de Beth.

— Mais nous ne nous y arrêtons pas. Trop dangereux.

— Et la forêt, non ?

Elle se retourne, son dos craque et elle soupire.

— La forêt nous protège des regards indiscrets, dit Gareth en regardant à travers les arbres.

— Mais dans deux jours, nous entrerons dans les Plaines Rouges. Nous n'aurons pas d'autre choix que de nous abriter dans un village le long du trajet.

— Parfait. Peut-être aura-t-on la chance d'échapper à ton grognement maussade.

— Je ne grogne pas, dit Gareth d'un ton offensé qui fait sourire Beth.

— Bien sûr que non.

Elle adore le faire marcher. Et cela fonctionne, parce qu'ils n'arrêtent pas de se chercher depuis longtemps.

Léandre tire un peu sur les rênes afin que nous ne restions pas juste derrière l'autre cheval.

—Es-tu fatiguée ?

— Je vais bien.

À dire vrai, mes fesses sont plus endolories qu'elles ne l'ont jamais été de toute ma vie, j'ai faim, et je rêve d'un autre bain.

— Est-ce que… le monde des humains te manque ? me demande-t-il en parlant tout bas comme s'il marchait sur la pointe des pieds dans un cimetière.

— Oui, dis-je en soupirant.

— Humm, répond-il en se contractant un peu.

— Mais le monde des humains n'est pas tout rose, je m'empresse d'ajouter. Il y a beaucoup de choses à améliorer.

— Tu n'étais pas heureuse là-bas ?

Comment répondre à cela ? Toute mon enfance fut un cauchemar et j'en souffre encore. Ma relation avec ma mère est horrible, je n'arrive pas à me rappeler de quoi mon père a l'air, et Steve a toujours le premier rôle dans tous mes mauvais rêves. Mais une fois encore, j'avais l'impression d'être sur la bonne voie. J'étais performante dans mes études, j'excellais dans mes cours de chimie et j'impressionnais mes professeurs. Les choses allaient de mieux en mieux jusqu'à ce que Cécile m'envoie ici.

Je réalise que je me suis perdue dans mes pensées au lieu de répondre à cette question.

— Le bilan était mitigé.

— Comment cela ?

— Certaines choses étaient mauvaises. D'autres étaient bonnes, dis-je en haussant les épaules.

— Parle-moi de ta vie, je veux tout savoir.

— Tout ? Ça fait beaucoup.

— Nous avons le temps.

Il guide le cheval autour d'un gouffre jonché de

lierre et de fleurs roses bizarres en forme de tire-bouchon.

— Humm. Eh bien, je suis née en Indiana. Je suis allée à l'école là-bas, j'y ai passé mon bac et je suis partie pour aller à l'université.

— École ? De magie ou élémentaire ?

Je me tourne et je regarde ses yeux noirs et son beau visage.

— Heu... C'était juste une école normale. Tu sais, histoire, maths, lecture, écriture, sciences, des trucs comme ça.

Il fronce les sourcils, mais il dit :

— Intéressant. Continue s'il te plaît.

— J'avais un don pour les Sciences.

Il n'y a pas de mot en Fae pour ce que j'essaie de dire, aussi je passe à l'anglais.

— Physique-chimie, spécialement.

— Qu'est-ce que c'est physique-chimie ?

Les mots sont sortis avec son fort accent.

Je souris à cause de sa prononciation.

— La physique c'est l'étude de la matière – fondamentalement toutes les choses tangibles – et comment elles se comportent. Les planètes, les étoiles, un caillou, de l'eau, toi, moi – tout cela, c'est de la matière. Cela peut être aussi petit que des atomes sous un microscope ou aussi grand que l'univers. Les physiciens essaient de découvrir pourquoi la matière agit de différentes façons et ce que cela signifie. Une fois que vous avez découvert quelque chose sur la matière, vous pouvez prouver que cela s'applique à toute matière, cela devient une loi de la physique. Comme la gravité.

— La gravité ?

— La gravité est une force invisible qui attire la matière.

Ses bras me serrent contre lui.

— La gravité.

— Quelque chose comme ça, dis-je en souriant.

— Et la chimie ?

— C'est l'étude de la façon que différents éléments se combinent pour créer d'autres substances, comment la matière réagit avec l'énergie. C'est la base de la plupart des grandes découvertes scientifiques depuis que les premiers humains ont existé.

— Ha, ça, je connais. Tu es une alchimiste, dit-il en hochant la tête. Nous en avons un au royaume d'hiver, un membre de ma cour. Il faudra que toi et Branala vous vous rencontriez pour parler de vos magies quand nous arriverons.

— Pas de la magie.

Je me surprends à regarder les cheveux noirs le

long de sa mâchoire. Si masculine. Quel effet cela procurerait-il de la sentir contre ma peau, surtout aux endroits sensibles. Je secoue la tête. D'où viennent ces pensées ?

— Je voulais dire que c'est de la science. Pas du tout de la magie.

Ses lèvres pulpeuses se fendent d'un sourire, et je jure que ses yeux sombres scintillent dans leurs profondeurs.

— Comme la gravité ? De la science ?

Il se penche encore plus près, ses lèvres à quelques millimètres des miennes.

— Attirés par une force invisible.

Je ne bouge pas et j'ai l'impression de ne pas pouvoir m'arrêter de regarder sa bouche.

— Ce n'est pas, heu…

Qu'étais-je en train de dire ? Je n'arrive pas à réfléchir quand il me regarde ainsi, comme s'il n'y avait rien d'autre au monde que nous deux. La chaleur inonde ma peau et mes tétons se redressent. La douleur de mon dos s'évanouit à mesure que mon corps se tend, et le balancement du cheval ne fait rien pour stopper cette sensation.

— J'ai envie de toi.

Il caresse ma joue avec son pouce, sa voix est profonde et hypnotique.

— Est-ce que je peux t'avoir, fillette ?

Je ferme les yeux lorsque son pouce caresse ma lèvre supérieure.

—J'ai pensé à te prendre de tellement de façons. Chaque nuit quand tu es allongée à côté de moi, ta douce excitation parfume l'air. Je veux te goûter, te faire gémir et frémir quand je presse ma langue en toi.

Je serre tellement la selle que mes ongles me font mal.

— Je voudrais te voir frémir sous mes doigts, fillette, dit-il en glissant sa main vers ma taille. J'embrasserai chaque petit morceau de ton corps magnifique. Et ensuite, je te prendrai, en te pénétrant si profondément que tu pourras me sentir dans ton âme et que tu sauras que tu es mienne.

Quand le bout de ses doigts frôle ma culotte, je me mords les lèvres pour m'empêcher de gémir.

— Est-ce que ça te plairait ? Est-ce que tu aimerais être entièrement à moi ?

Ses crocs se sont allongés, mais leurs extrémités ne me font pas peur. Au contraire. J'ai envie de les sentir frôler ma peau.

— Léandre.

Je suis essoufflée, mon esprit est confus, tout mon corps est en éveil et plein d'envies.

Ses doigts fouillent un peu plus bas, taquinant ma culotte. Lorsqu'il rencontre la peau de mon entrecuisse, je laisse échapper un petit gémissement.

— Mon petit amour est déjà mouillé pour moi.

Il appuie sa joue contre la mienne, sa bouche titille mon oreille.

— Tu ressens le lien.

Je ressens… quelque chose. Mais le désir est probablement le mot le plus approprié.

— Léandre, dit Gareth en s'éclaircissant la gorge.

Il vaut mieux ne pas tenter l'animal sauvage.

Léandre se tourne rapidement et fait claquer ses dents en direction de son ami.

— Elle est à moi.

— Hé, dis-je doucement.

Ses yeux rencontrent à nouveau les miens, son regard est si intense que j'ai l'impression de regarder dans un volcan.

— Hé, ralentissons un peu, dis-je en retirant sa main de ma culotte. Nous nous sommes un peu emportés, c'est tout.

— Tu le sens, dit-il en appuyant sa main sur sa poitrine. Là-dedans.

— Je ne sais pas ce que je ressens, dis-je en prenant une profonde inspiration tremblante. J'ai juste besoin de me concentrer sur mon retour chez moi, pas...

— Avec moi, tu es chez toi.

Ses crocs se rétractent, et son regard perd un peu de son côté sauvage.

— Je suis ton foyer, Taylor.

— Vous n'arrêtez pas de dire cela, mais cela ne change rien. Je ne suis pas d'ici.

Gareth semble se détendre, bien que Beth fronce son nez en signe de déception. Je suppose qu'elle espérait assister au spectacle de l'accouplement. Ça n'arrivera pas. Peu importe ce que mon corps exprime, mon cerveau garde le contrôle et il dit non. Ou du moins, pas encore.

Ils galopent à nouveau devant nous, se frayant un chemin traversant un ravin et grimpant sur une petite colline.

Sans se décourager, Léandre maintient son étreinte, son corps tendu contre mon dos.

— Et tes parents ?

— Nous n'irons pas sur ce terrain.

— Où ça ?

— Je veux dire que nous n'allons pas parler de mes parents.

— Pourquoi pas ?

— Et vos parents, dis-je pour contre-attaquer.

— Mon père était forgeron. Ma mère était une Fae de haut rang qui s'est enfuie avec lui.

— Elle s'est enfuie avec lui ?

— Elle l'a rencontré quand il était venu livrer une épée au Roi Shatinor.

— Il était roi avant vous ?

— Oui, répond-il avec de l'amertume dans la voix. Le mal qui était en lui n'était pas aussi visible à cette époque. Mon père l'a servi comme tout le monde dans le royaume.

— Était-il fou lorsque votre mère s'est enfuie ?

— Elle était la fille de l'un de ses vieux rivaux pour le trône. Il a fait semblant d'être furieux, mais juste pour effrayer mon grand-père. Et ils ne se sont pas échappés. Il n'y a pas eu de cérémonie officielle d'union.

— Encore pire, dis-je en souriant.

— Lorsqu'elle est revenue enceinte, mon grand-père a cédé et a permis l'union. Les enfants Faes sont si rares que même la basse naissance de mon père importait peu. Mais à l'époque, ça a quand même fait scandale. J'aimerais penser que les choses sont différentes aujourd'hui, mais j'imagine qu'il y a quelques nobles qui réagiraient mal de la même façon, même si 1200 ans se sont écoulés depuis...

Je tourne la tête si vite que mon cou craque.

— Mille deux cents *ans* ?

— Depuis que mes parents se sont unis ? Oui, dit-il en penchant sa tête sur le côté. Pourquoi ?

— Vous avez mille deux cents ans ?

— Oui.

Je tousse, je ne trouve pas mes mots.

— Est-ce que c'est un problème, fillette ?

Il s'assoit un peu plus droit.

— Je t'assure que ma lignée est forte. Mon père et ma mère ont vécu bien au-delà de cinq cents ans et ont choisi de rejoindre les Ancêtres ensemble après que j'ai remporté le trône. Nos enfants...

— Wow, dis-je en me précipitant pour descendre de cheval

— Wow, wow, wow.

Léandre m'attrape et me pose sur le sol en poursuivant.

— Qu'est-ce qu'il y a ?

— Vous parlez de siècles et d'enfants.

Je me recule et j'avance dans les herbes hautes, mes mains sur mes hanches tandis que mon esprit s'emballe.

— Des siècles et des enfants.

Il passe une main dans ses cheveux noirs comme la nuit.

— Oui.

— J'ai vingt ans, dis-je en hurlant tellement qu'une floppée d'étranges oiseaux bleus s'envole d'un buisson voisin. Vous pensez que je suis votre compagne, votre reine. J'ai vingt ans. Tout d'abord, je ne suis pas censée être ici. Et vous, je ne sais pas, vous êtes assez âgé pour être mon-mon-mon, et d'ailleurs qu'est-ce que ça pourrait être ? Mon arrière-arrière-grand-père ?

— Taylor, dit-il en baissant les yeux vers moi avec chaleur. Je vis depuis bien longtemps, c'est vrai. Et je réalise que tu es assez jeune, même pour une Changeling, mais rien de tout ça ne m'importe.

— C'est important pour moi, je réponds en couvrant mon visage avec mes mains. Ça ne pouvait pas marcher de toute façon, mais quoi qu'il en soit, une différence d'âge de mille deux cents ans est un problème.

— Pourquoi ? demande-t-il en enlevant les mains de mon visage.

— Aurais-tu su la différence d'âge si je ne t'avais pas dit mon âge ? Quel âge pensais-tu que j'avais ?

Je hausse les épaules.

— Je ne sais pas. Dans les trente ans ? Vous avez l'air si jeune. Tout le monde ici a l'air jeune.

Je n'y avais pas fait attention, mais lorsque j'y repense, je ne me souviens pas d'avoir vu une seule personne âgée depuis que je suis ici. Pas de rides, rien.

— Alors, tous les gens sont vraiment vieux ?

— Les Fae figent leur immortalité lorsqu'ils atteignent leur apogée. Après cela, nous vieillissons extrêmement lentement.

Il prend ma main et la passe le long des légères rides près de ses yeux.

— Elles se sont formées il y a des siècles.

— Alors vous ne pouvez pas mourir ? Mais je vous ai vu tuer Tyrios.

— Nous pouvons mourir. Soit par blessure soit en choisissant de rejoindre les Ancêtres.

— Mais si vous n'êtes jamais blessé ou jamais suicidaire, vous continuez à tourner comme une horloge ?

Mes doigts se dirigent vers le pendentif à mon cou, la sensation de la pierre froide me calme.

Il suit le mouvement.

— Pourquoi fais-tu cela ?

— Faire quoi ? Paniquer à cause d'une différence d'âge complètement dingue ?

— Non. Tu caresses ta gorge quand tu es agitée.

— Oh, je réponds en baissant ma main. C'est juste une habitude.

Il regarde pendant un moment comme s'il cherchait mon cou.

— Écoutez, votre âge m'a surprise, c'est tout.

Je secoue mes mains, comme si cela pouvait modifier la bizarrerie totale de tout ça.

— Je n'aurais jamais imaginé que quelqu'un puisse vivre aussi longtemps.

Je ne dis pas le reste ; que je vais vieillir et mourir, le fait que Léandre me revendique comme sa compagne n'est pas réel, que nous ne pouvons pas être unis, car comment le destin pourrait être aussi cruel d'unir deux personnes aussi différentes ?

Mais ça n'a aucune importance si je ne dis rien de tout cela, car il caresse ma joue gentiment.

— Ne t'inquiète pas, fillette. Nous trouverons une solution pour nous. Je t'ai attendue pendant des siècles. Ce n'est que le début pour nous. Tu ne périras pas, pas d'une mort de mortelle.

— Comment ?

Ce qu'il dit est impossible, un fantasme absolu.

— Est-ce que par hasard vous auriez une Pierre de Sorcière ou peut-être une fiole avec du sang de licorne ?

Il fronce les sourcils

— Le royaume d'hiver est le berceau de nombreuses pierres magiques, mais du sang de licorne ? Elles sont bien trop fières pour offrir un tel cadeau.

— Attendez, dis-je en levant une main. Vous êtes en train de dire qu'il y a des *licornes* ici ?

— Elles vagabondent librement dans le royaume du printemps, répond-il comme si c'était une évidence. Nous en avons quelques-unes dans les étables de la Montagne Haute, principalement parce qu'elles ont été forcées à l'exil du royaume du printemps pour des raisons qui ne sont pas totalement claires. J'aimerais pouvoir les laisser courir en liberté, mais elles ne survivraient pas au froid.

— Des licornes, dis-je en sautillant. Je dois les voir.

—Tu les verras.

Son expression stupéfaite est ridiculement mignonne.

— Il faut juste que tu sois prévenue que celles de la Montagne Haute ont la langue tellement bien pendue qu'elles pourraient choquer le plus aguerri des soldats.

— Elles parlent.

J'ai l'impression que mes yeux sont trop grands pour mon visage.

— Bien sûr, dit-il en me faisant remonter sur Kyrin et en grimpant derrière moi.

Je mords ma lèvre inférieure au moment où nous rattrapons Gareth.

— Et une autre chose Léandre. Vous savez… vous savez que je ne vais pas rester, n'est-ce pas ?

— C'est ce que tu m'as dit, fillette, répond-il en m'embrassant sur le front. Mais nous verrons si je n'arrive pas à te faire changer d'avis.

Son arrogance me rend folle, mais j'ai déjà appris qu'il n'y a aucune raison à cela.

— C'est déjà l'heure de déjeuner ? dit Beth en poussant sur le côté une grande branche tombante. Parce qu'en ce moment je pourrai manger tout un sunstag.

Je jette un coup d'œil à ses joues décharnées

— Je commence à me demander si tu n'as pas un ver solitaire.

— Qu'est-ce qu'un... dit-elle en avalant sa salive.

Les deux chevaux se cabrent lorsqu'un ours gris géant émerge à trois arbres devant nous, dents découvertes et avec un grognement qui emplit la forêt.

CHAPITRE 7

LÉANDRE

En voyant Thorn rire et secouer sa forme d'ours en retombant sur ses quatre pattes, je prends un air renfrogné. Taylor prend une grande inspiration et se prépare à hurler.

— Ne t'inquiète pas, fillette. Nous connaissons cette bête.

— Quoi ? dit-elle en s'appuyant contre mon dos, le plus loin possible de Thorn.

— Va te faire voir chez les Spires !

Gareth lance quelques jurons choisis avant de caresser Sabre qui se cabre toujours.

Kyrin ronfle avant de passer devant l'ours en donnant la nette impression qu'il n'est pas effrayé du tout par les idioties de Thorn.

— Ne fais pas le fou.

Il y a un flash de lumière et ensuite Thorn marche à côté de nous, avec ses cheveux argent foncé rassemblés dans un chignon ridicule et ses yeux désaxés qui luisent.

— Vous êtes un ours, dit Taylor en secouant la tête. Vous. Êtes. Un. Ours.

— Un ours fatigué. Je cours depuis des jours. Désolé d'avoir sauté comme ça, mais j'avais envie de m'amuser un peu.

Il tourne ses yeux vers elle, ses lèvres s'agitant avec cette sorte de moue aguicheuse que je lui ai déjà vue faire des centaines de fois.

— Et on dirait bien que j'ai trouvé de quoi m'amuser.

Je laisse échapper un petit grognement et je resserre mon emprise sur Taylor. Tue-le, exige le Fae sauvage.

— Thorn, va-t'en avant que Léandre ne te taille en pièces.

Gareth saute de Sabre et part en courant.

Les yeux de Thorn s'écarquillent.

— Est-ce que c'est ?

— Sa compagne. Oui. Va-t'en avant que les choses dégénèrent. Il a du mal à contrôler son côté sauvage.

Un vent frais siffle dans les arbres et tournoie

autour de Thorn. Mes réserves de magie sont revenues à la normale et prêtes à agir.

— Une compagne ? Après tout ce temps ?

Thorn laisse Gareth l'entraîner en retrait, mais il continue à nous regarder bouche bée.

— Arrête de la reluquer, dis-je en hurlant.

Gareth fait pivoter Thorn et ils disparaissent derrière un gros arbre.

— Est-ce que nous pouvons manger maintenant ? dit Beth en bâillant et en se laissant glisser du dos de Sabre. Je m'occupe du feu.

— Vous devez arrêter de faire ça, dit Taylor en me donnant une tape sur la main.

— Faire quoi ?

— Vous savez très bien quoi, répond-elle en me jetant un regard insolent, et que les Ancêtres me viennent en aide, je deviens instantanément dur.

Elle continue, inconsciente du désir qui bout dans mes veines.

— Détendez-vous. Vous savez, je ne vais pas « m'accoupler » avec vous juste comme ça, alors il faut vous y habituer. On se connaît à peine. Je ne saute pas sur les gens que je ne connais pas. Et je n'ai même jamais...

Elle s'arrête et s'éclaircit la gorge.

— D'autre part, vous êtes effrayant quand vous êtes sauvage et fou. Et, *et,* je meurs de froid.

Je suis envahi par la culpabilité. J'ai effrayé ma compagne et je l'ai punie avec la morsure de l'hiver.

Je saute le premier pour l'aider à descendre de Kyrin, avant de l'entourer de mes bras pour lui tenir chaud.

— Je suis tellement désolé. J'ai failli en tant que compagnon.

— Tout va bien.

Sa petite voix est étouffée par ma poitrine.

Je relâche mon étreinte en lui demandant :

— Qu'est-ce que cela veut dire ?

Elle tourne la tête et appuie sa joue contre moi.

— J'ai dit que tout va bien. Et que je vais bien. L'air est assez chaud. Je n'ai plus besoin d'être blottie contre vous.

— Et si j'ai envie que tu sois « *blottie* » contre moi.

Elle se met à rire doucement, ce qui me détend.

— MAP ? dit-elle en riant doucement, ce qui me détend.

— Marques d'affection en public.

— Ce n'est pas ce qui se fait dans le monde des humains ? dis-je en passant ma main dans ses cheveux.

Bien que je déteste la décevoir, je n'ai aucun moyen d'arrêter les MAP. Elle est ma compagne, et j'en suis fier. Tout le monde doit savoir qu'elle est ma reine, l'amoureuse à laquelle je suis lié. *Mais tu n'es pas lié, pas encore,* murmure le sauvage.

— Les gens font cela, mais en général ils se connaissent depuis plus longtemps qu'une semaine.

— Je n'ai pas besoin d'une semaine pour te connaître, je lui réponds en la poussant un peu en arrière pour croiser son regard. Je t'ai reconnue au moment où je t'ai vue. Au moment où j'ai *ressenti ta présence* dans ce palais. Tu es ici depuis ce moment, dis-je en me frappant la poitrine. Et je ferai tout ce qui est en mon pouvoir pour te montrer à quel point tu comptes pour moi.

— Débattre avec vous sur ce sujet est inutile n'est-ce pas ? dit-elle en soupirant.

— C'est l'heure !

Beth nous appelle depuis l'endroit où elle s'est agenouillée près du feu.

— Elle a fini par comprendre.

— Ne me casse pas les pieds avec ça, répond Taylor en se tournant pour aller vers l'autre Changeling.

Casser les pieds ? C'est quoi casser les pieds ?

— J'ai essayé de vous le dire, un Fae alpha qui a trouvé sa compagne ne peut pas entendre raison. Plus vite, vous l'acceptez, mieux vous vous sentirez. Il est pratiquement en train de perdre la tête, simplement parce qu'il ne vous a pas encore revendiquée comme sa compagne Vous êtes son univers. Il faut vous y habituer. Ça ne changera jamais.

— Léandre, dit Gareth en levant la main vers l'endroit où lui et Thorn sont en train de parler. Tu es calmé ?

Je fais craquer mon cou avant de répondre :

— Tant que Thorn respecte...

Il s'agenouille et baisse la tête.

— Pardonnez-moi mon roi. Je n'avais pas réalisé qu'elle était votre compagne.

Je lève les sourcils, et on dirait que Gareth vient de prendre un coup de poing. Thorn est un plaisantin, pas du genre à s'agenouiller ou à parler de manière si sérieuse.

— Relève-toi, Thorn.

Il se lève et nous nous tenons par les avant-bras.

— Je veux prêter serment le plus tôt possible.

— Avec plaisir, mais d'abord, tu dois me dire pourquoi tu es ici.

Traverser la frontière entre l'hiver et l'été est

interdit sans une autorisation expresse des gouvernants des deux côtés.

— Il y a eu une violation de territoire dans la Montagne Haute, dit Thorn avec un air sévère. Juste sous mon nez. Une ombre s'est faufilée, a tranché la gorge de deux gardes et a pénétré dans la salle du trône. Ravella a ressenti les ténèbres et a donné l'alarme. Lorsque nous sommes arrivés, l'intrus était parti. Mais il y avait un... message.

Je n'aime pas le mauvais pressentiment que me provoque sa voix.

— Qu'est-ce que c'était ? dit Gareth en serrant les dents.

— La tête d'Yvarra.

Thorn baisse la tête.

— Déposée sur votre trône. La marque de l'arbre marqué au fer sur sa joue.

— Le roi d'au-delà des montagnes, dis-je en serrant mes poings.

— La dernière fois qu'on a vu Yvarra, c'était à Silksglade. Elle enquêtait dans la famille d'un Fae de rang inférieur disparu. Dans sa dernière correspondance, elle disait qu'elle était sur la piste de Changelings qui avaient passé la frontière de l'ouest quelques jours auparavant.

— C'était une de nos meilleures pisteuses, dis-je en poussant un soupir rempli de tristesse.

— Et une véritable lame de l'hiver. Nous porterons son deuil.

— Je suis venu vous apporter ces nouvelles. La menace grandit. Je le sens.

Thorn regarde vers l'ouest, bien qu'il n'y ait rien d'autre à voir que des arbres.

— Des yeux sont tournés vers nous, cherchant des mains qui se serrent dans l'ombre dans les terres.

— Nous avons l'alliance que nous étions venus chercher. La reine de l'été travaillera avec nous pour découvrir ce qui est arrivé à ceux qui ont disparu. Cette piste nous mènera au roi d'au-delà de la montagne. J'en suis sûr.

— Et ensuite ? dit Thorn en posant la main sur le manche de sa hache.

— Et ensuite, la guerre.

Gareth prononce ces mots d'un air fatigué. Il a été soldat pratiquement toute sa vie, comme moi. Lorsque je suis devenu roi, j'ai espéré que les périodes de combat seraient terminées, que l'hiver et l'été pourraient vivre en paix ainsi qu'avec les autres royaumes. Mais ce rêve est en train de mourir, et la mort d'Yvarra n'est que le début.

— Mais maintenant, il y a de l'espoir, dit Thorn en regardant Taylor.

— Une compagne royale.

Je bombe le torse, plein de fierté.

— C'est un cadeau des Ancêtres sans aucun doute.

Thorn frotte sa gueule rasée de près.

— Elle porte peut-être déjà un enfant. Pouvez-vous imaginer la joie dans le royaume d'hiver pour un nouveau bébé ?

Son sourire est pur, tout faux-semblant a disparu.

Gareth tape sur l'épaule de Thorn et l'entraîne rapidement plus loin.

— Allons déjeuner.

Gareth est un bon ami, mais Thorn saura bien assez tôt que je n'ai pas revendiqué ma compagne. Je demande aux Ancêtres de m'accorder la patience, avant de m'agenouiller pour dire une prière pour la paix de l'âme d'Yvarra.

Lorsque je m'approche du feu, Beth est en train de faire griller quelques légumes racines et Thorn s'agenouille devant Taylor pour prononcer le Serment de l'Hiver.

— Ce n'est pas nécessaire, dit-elle en se tordant les mains.

— Vous pouvez quand même décréter sa mort, dit Gareth en haussant les épaules. Je serai plus qu'heureux de lui faire fermer sa grande bouche pour l'éternité.

Thorn lui jette à nouveau un regard sinistre, mais garde la tête baissée.

— La décision vous appartient, ma reine.

— C'est un ours Taylor. Tu n'as pas envie d'avoir un animal de compagnie ? ricane Beth.

Les lèvres de Gareth esquissent un petit sourire discret.

— Bien. Je vais dire les mots, mais vous devez m'appeler Taylor. C'est compris ?

Thorn hoche la tête.

— *Blade thrower*, dit Taylor en plissant les yeux.

— C'est bien ça ? Ça ressemble à quelque chose comme ça. Cela ne fait pas partie des mots en Fae que je connais.

— Ce serment et votre réponse sont en ancien Fae, pas celui que nous parlons maintenant.

Je me tiens derrière elle et je regarde la lumière du soleil jouer sur les reflets châtains de ses cheveux.

— *Bladanon thronin.*

— *Bladanon thronin,* répète Taylor.

— C'est ce que je voulais dire.

Thorn se lève et s'incline à nouveau.

— Merci

— Comment vous transformez-vous en ours ? demande-t-elle d'un ton curieux.

— Ma magie est transformatrice. C'est dans ma lignée. Mon père pouvait se transformer en tout ce que vous pouvez imaginer, même en d'autres Fae.

— Waouh, dit Taylor en posant sa main sur sa joue. C'est incroyable.

D'ordinaire, Thorn aurait répondu à cela par une plaisanterie sur ses prouesses sexuelles, mais il s'abstient, ce qui est une bonne chose, car cela aurait fini en bagarre. Une de celles que j'aurais remportées.

Nous nous asseyons tous autour du feu lorsque Beth nous tend des petits bols de nourriture. Je dépose quelques-unes de mes carottes dans le bol de Taylor. Elle me lance un long regard rempli de souffrance, mais mange sans se plaindre. Le fait d'avoir nourri ma compagne apaise mon côté sauvage, même avec ce petit geste.

Tout en mâchant ma nourriture, mon esprit se concentre sur les nouvelles de la mort d'Yvarra. C'était une traceuse solide, très douée avec l'arc et les épées. Afin que quelqu'un ait réussi à prendre le dessus sur elle, il a fallu qu'il y ait une magie noire vraiment très puissante à la manœuvre. Il faut plus qu'un simple espion pour cela.

— Envoie Brannon à Silksglade, dis-je en regardant le feu.

Thorn siffle.

— Vous êtes sûr qu'on ne devrait pas commencer plus petit ?

— Non, je réponds en posant mon bol.

— La mort d'Yvarra ne doit pas rester sans réponse. Brannon sera capable de repérer la magie noire s'il y en a encore des traces à Silksglade. Il pourra faire un rapport. C'est peut-être notre chance de retrouver la piste qui mène au roi d'au-delà de la montagne.

Gareth passe sa langue sur ses dents.

— La dernière fois que nous avons libéré Brannon, nous avons presque perdu tout un village.

— Je suis conscient des risques. Mais nous avons besoin d'un maître du côté sombre. Brannon est loyal envers moi et les Phalanx.

— Il est dangereux Léandre, répond Thorn en secouant la tête. Que se passera-t-il s'il prend des vies innocentes cette fois-ci ? Il a changé, c'est sûr, mais à quel point peut-on se séparer de ses racines ?

— De beaucoup, résonne la voix de Taylor. Les gens changent, dit-elle en baissant le regard.

— Mais pas toujours en mieux.

D'où vient-elle ?

— Alors Brannon était mauvais avant ? se dépêche-t-elle de demander.

— Mauvais est un énorme euphémisme, dit Thorn en passant son bol à Beth. Il est issu des Spires, et il a un talent particulier pour les magies noires. Ses pouvoirs sont sans égal, sauf peut-être pour un nécromancien ou une sorcière obsidienne, dit-il en levant les épaules, mais quelles sont les chances d'un accrochage avec un de ceux-là ?

Taylor se met à rire, le timbre de sa voix est gai, et elle me jette un regard complice.

Thorn, bien que perplexe, poursuit :

— Brannon est membre de la garde royale, la Phalanx, mais il a dû faire ses preuves pour nous montrer qu'il avait vraiment laissé son passé derrière lui.

— Qu'est-ce qui l'a fait changer ? dit Beth en décollant les restes d'aliments de la marmite.

— Léandre, répond Thorn en inclinant la tête vers moi.

Taylor se tourne et me fixe avec ses incroyables yeux bleus.

— Que s'est-il passé ?

— Ce n'est pas important. Nous devrions nous mettre en route...

— Ne sois pas si modeste, dit Thorn en agitant ses mains. Brannon était dans la ligue de Shathinor, l'ancien roi du royaume d'hiver. Il était le fléau des royaumes, brûlant les villages, terrorisant et pillant partout où il passait. Une création vicieuse des Spires. Lorsque Léandre a entamé le soulèvement du royaume d'hiver, Shathinor a envoyé Brannon pour le tuer.

Taylor croise ses mains devant elle.

— Continuez.

— Brannon est arrivé sur notre camp militaire avec plus d'une centaine de guerriers de l'ombre derrière lui. Nous en avions bien sûr des centaines, mais les guerriers de l'ombre ne peuvent pas être tués lors d'un simple combat. Ils peuvent arracher la peau d'un soldat en quelques secondes et passer au suivant. Nous étions au bord d'une bataille qui aurait pu sonner la fin de notre rébellion. Brannon est entré dans la tente de Léandre, et celui-ci nous a ordonné de tous sortir. C'est la chose la plus difficile que je n'ai jamais faite – sortir de cette tente en laissant mon roi avec une créature aussi maléfique. Nos soldats étaient entourés par les démons de l'ombre, tous hurlant leur envie de sang, mais attendant l'ordre de leur chef.

— Je pense que j'ai perdu un siècle de ma vie ce jour-là, grommelle Gareth.

— Que s'est-il passé sous la tente ? demande Taylor, ses yeux écarquillés par l'étonnement.

— C'est le roi, dit Thorn en la poussant gentiment du bras. Il ne nous a jamais dit pourquoi Brannon avait renvoyé ses guerriers de l'ombre sur les Terres Perdues et pourquoi il avait rejoint notre cause.

— C'est à Brannon de le dire, pas à moi.

J'ai pris l'habitude d'éluder leurs questions sur ce point.

— Et Brannon ne le dirait pas ? demande Taylor.

— Brannon n'est pas particulièrement bavard, dit Thorn en souriant.

— De plus, la plupart des Fae qui le voient s'enfuient dans la direction opposée.

— Il y a quelque chose qui ne va pas chez lui ? demande Beth en attrapant la marmite de ragoût.

— Il a l'air… intéressant, dit Gareth, qui devient de plus en plus diplomate avec les années.

— Pourquoi ne me laisses-tu pas t'aider avec ça, dit Taylor en essayant d'atteindre les bols.

— Aucune chance, dit Beth en les attrapant avant Taylor. Tu es la petite reine du royaume de l'hiver.

— Je suis ton amie, répond Taylor en avançant comme une flèche et en soulevant la marmite. Laisse-moi t'aider.

Cette fois-ci, je suis d'accord avec Beth. Taylor est ma compagne et la reine. Elle ne devrait pas avoir envie d'effectuer des tâches ménagères.

— Taylor, tu n'es pas censée...

Le regard qu'elle me jette par par-dessus son épaule est sévère.

— Vous n'allez pas vous y mettre aussi. Je ne suis pas désespérée, et je ne fais définitivement pas partie de la royauté. Il est temps que je prenne part à cette petite aventure, dit-elle en partant dans la forêt d'un pas décidé.

Beth ramasse le reste des plats et sourit.

— Taylor, dit Beth en montrant avec son pouce un lieu derrière elle.

— Le ruisseau est de ce côté.

— Oh.

Les joues de ma compagne prennent une teinte rosée alors qu'elle passe en vitesse devant la marmite.

— Quelle fougue, dit Thorn en hochant la tête.

— Elle a définitivement beaucoup de

personnalité, je réponds en étirant mes jambes pour me lever, mes sens en éveil à chacun de ses pas.

— Je n'en attendais pas moins de ta compagne, dit Thorn en s'éclaircissant la gorge.

— Mais tu ne l'as peut-être pas remarqué, mais c'est une Changeling.

— Bien sûr qu'il l'a remarqué Thorn, répond Gareth en jetant de la terre sur les dernières flammes d'un coup de pied.

— Je disais ça de façon tout à fait charmante.

— Va charmer ailleurs, répond Gareth en terminant d'étouffer le feu.

Thorn retire un morceau de cartilage de ses dents.

— Je dis juste que c'est un assemblage intéressant et que cet assemblage pourrait causer quelques problèmes avec une poignée de vieux nobles de la garde.

— C'est une Changeling, dis-je en haussant les épaules. Mais c'est ma compagne. Si quelqu'un a un problème avec elle, alors il aura un problème avec *moi*. Et comme tu le sais, je résous les problèmes.

L'agressivité transparaît dans ma voix.

— Et ensuite, il y a le petit problème de longévité.

Thorn met ses cheveux gris foncé derrière

l'oreille.

— Elle mourra.

— Il doit y avoir un moyen de changer ça, je réponds en jetant un coup d'œil derrière mon épaule pour être sûr qu'elle n'est pas en train d'écouter.

— Il y a des sortilèges qui peuvent remodeler son destin.

Thorn se met à siffler.

— Il n'y a que le côté sombre qui peut faire ça. Et le prix que tu devrais payer...

— Serait trop élevé, répond Gareth en se levant et en croisant mon regard.

— Tu sais comment fonctionne la magie, Léandre. Elle prend, et prend encore et toujours. Quelque chose de ce genre ? Je n'ai jamais entendu dire que c'était possible, mais si ça l'est, tu peux être certain que le prix sera terrible.

— Dans ce cas, je le paierais, dis-je instantanément. Je ne permettrai jamais qu'elle souffre et qu'elle meure, pas alors que je viens enfin de la trouver.

Gareth envoie un regard d'avertissement à Thorn.

Je me force à ne pas élever la voix.

— Une chose à la fois. Nous devons passer la frontière. Les vents de l'hiver vont apaiser mon Fae sauvage, et j'aurai les idées plus claires la concernant, ce qui me permettra de m'occuper des troubles à la frontière. Thorn, retourne à la Montagne Haute et envoie Brannon enquêter. Fais savoir que nous rentrons, mais garde pour toi l'information concernant Taylor. Fait en sorte que le reste de la Phalanx nous attende au passage de la frontière de Timeroon. Nous y serons au plus tard dans une quinzaine de jours. Va.

— Oui, sire.

Thorn baisse rapidement la tête avant de se retourner et de partir en courant. En un éclair, il se transforme en un aigle argenté et déploie ses puissantes ailes, s'élevant au-dessus des arbres pour s'élancer vers le soleil.

— Pourquoi se sent-il toujours obligé de faire des sorties dramatiques ? dit Gareth en le suivant du regard. Frimeur.

— Il est loyal, dis-je en me massant les tempes.

— Mais c'est un con.

— On peut dire la même chose de toute la Phalanx, dit Gareth en souriant.

— Mais j'aime à penser que je suis le plus têtu. Et j'en suis fier.

— J'ai tendance à être d'accord, je réponds en lui tapant dans le dos, mon humeur sombre s'atténuant.

Préparons-nous à chevaucher. Le royaume d'hiver nous appelle.

— Je le sens aussi, dit-il en se tapant la poitrine.

— La glace appelle la glace.

J'arpente les bois tandis que Gareth défait le camp. Beth et Taylor reviennent du ruisseau, Taylor se plaint que Beth l'a à peine laissé laver un plat. Je ne les vois pas encore à travers les arbres, mais je les entends se disputer.

Beth pousse un soupir exaspéré.

— Écoute ma petite. J'ai fait la cuisine, la vaisselle et le récurage depuis que je suis petite.

— Et alors ?

— Et alors ta technique a besoin d'être améliorée.

Taylor marmonne au moment où elles apparaissent juste devant moi.

— Je faisais la vaisselle quand je vivais chez mes parents. Mais à l'université, je n'avais pas de vaisselle ou de quoi cuisiner. Tu vois, je me nourrissais de Hot Pockets ou de ramen la plupart du temps. Donne-moi un micro-ondes et des assiettes en carton, et je peux te montrer de quoi je suis capable.

— Tu as beau parler Fae, mais tout ce que tu viens de dire n'a aucun sens.

Taylor retrousse son nez.

— C'est la technologie. Elle facilite la vie.

— Cela n'a pas de sens pour moi. Donne-moi une marmite et du feu, et je peux préparer tout ce que ton cœur désire, dit Beth en me frôlant.

Je lève une main pour arrêter Taylor.

— Je peux te dire un mot.

Beth enlève les bols des mains de Taylor et continue en direction du camp.

— Que se passe-t-il ?

Son agacement envers Beth déborde sur moi.

— Je voulais te demander quelque chose.

Concernant ce que tu as dit sur les gens qui changent, mais pas en bien. Mais sa façon de me regarder à cet instant – légèrement triste et frustrée – me fait changer d'avis.

— Les Hot Pocket. Qu'est-ce que c'est ?

Lorsqu'elle en a parlé la première fois, une image m'est venue à l'esprit, mais ce n'est sûrement pas ce à quoi elle faisait allusion. Impossible.

— Oh, dit-elle en souriant. C'est de la nourriture. Comme un genre de pain qui enveloppe du jambon et du fromage ou de la pizza pepperoni – fromage et sauce tomate. Ils sont très faciles à cuisiner et ce qui est encore mieux, ils sont bon marché. Comme le ramen. Ce sont des nouilles qui ne coûtent pas cher.

— Est-ce qu'il t'arrivait de ne pas en avoir dans le monde des humains ?

Elle hausse les épaules tandis qu'un oiseau chante au-dessus de nous, son chant est clair et chaleureux.

— Je n'avais pas toujours à manger, c'est vrai.

Elle baisse le regard comme si elle voulait me cacher son visage.

— Ma mère partait souvent quand j'étais enfant, et je devais m'occuper de moi. Et à la fac, je suis étudiante, je n'avais pas plus d'argent. Je travaillais, mais ce que je gagnais, je le dépensais en livres et pour payer ma chambre d'étudiant.

Ma compagne n'a pas eu une vie facile. J'aurais dû le deviner.

— Je suis désolé.

— Tout va bien. Beaucoup de gens ont moins que ce que j'avais. Et j'ai eu la chance d'entrer à l'université.

— De la chance ? Je ne pense pas. Tu travaillais dur même quand ce n'était pas facile pour toi, dis-je et je décide d'aller plus loin.

— Et ton père ?

— Il n'était jamais là. Il est parti quand j'étais petite. Mais ma mère avait toujours des petits amis.

Elle croise ses doigts et les serre en prononçant ces mots :

— Et pendant un moment, j'ai eu un beau-père.

La simple façon dont elle a dit le mot « beau-père » me hérisse. Il y a quelque chose qui ne va pas.

— Ton beau-père était gentil ? dis-je en essayant de garder un ton léger malgré l'instinct de vengeance qui monte en moi.

— Il est mort, répond-elle en baissant encore plus la tête. Et vous ? Je suis sûre que vous avez vécu des moments difficiles durant toutes ces années.

Une diversion, mais une de celles que je dois respecter pour le moment. Elle est en train de s'ouvrir à moi petit à petit. Mais sa question m'a pris au dépourvu. Comment y répondre ? Dois-je lui décrire les horreurs de la guerre, les Faes que j'ai tués, les nombreuses vies perdues sous mon commandement ? Dois-je lui parler des semaines durant lesquelles mes soldats et moi-même étions affamés sur les champs de bataille après que les forces de Shathinor aient détruit nos provisions et réduit en cendres les fermes environnantes ?

Comme elle, je choisis de faire diversion.

— Rien de ce qui en vaut la peine n'est jamais facile, dis-je en prenant son visage dans ma main. Et je nous y inclus. Je sais que c'est beaucoup. Quand je prends du recul et que j'essaie de me mettre à ta place, c'est énorme. Un Nouveau Monde plein d'étrangers, dont un qui prétend être ton compagnon pour l'éternité. Mais tu es forte. Tu me l'as démontré à maintes reprises depuis que je t'ai rencontrée.

— Je pense que vous vous trompez sur moi, dit-elle en rougissant. Je suis juste une étudiante qui cherche un moyen de rentrer chez elle.

Je ne lui dis pas que je suis son foyer. Mais c'est dans mon cœur, et un jour elle saura que c'est vrai.

— Nous devrions nous mettre en route. Il y a des endroits où la forêt est clairsemée, et ensuite nous traverserons la Rivière Brumeuse avant d'entrer dans les Plaines Rouges.

— Encore deux semaines avant la frontière n'est-ce pas ? dit-elle en repoussant une mèche de cheveux de son sourcil.

— Encore deux semaines, je réponds en acquiesçant.

Nous rentrons au camp dans un silence confortable, bien que mes pensées s'évadent, imaginant le jour où nous entrerons sur mes terres. Encore deux semaines avant que les vents d'hiver m'apaisent, m'alimentent, et donnent à Taylor le goût du pouvoir endormi à l'intérieur de ma compagne.

CHAPITRE 8

TAYLOR

Les Plaines Rouges portent bien leur nom. Austère et morne, le paysage s'étend devant nous, le sol rouge sang couvert d'enchevêtrements de ronces et de quelque chose qui ressemble à de la sauge. Ce matin, nous avons émergé des arbres et nous avons chevauché jusqu'à ce que nous trouvions un chemin étroit.

— À partir d'ici, nous ne nous éloignerons pas de la route, dit Gareth en regardant au loin, là où j'aperçois de sombres sommets déchiquetés.

— Je me sens si… exposée, dit Beth en rabattant son châle miteux sur ses épaules.

— Et les marchands nous dévisagent quand ils passent.

— C'est plus sûr sur la route. Il y a plus de

passage ici. Si nous passions par la plaine, nous serions trop visibles, cela va de soi, le terrain est semé d'embûches, de sables mouvants rouges et de nombreux autres dangers.

Léandre enlève les cheveux de ma nuque et souffle de l'air frais sur ma peau. Je gémis presque de soulagement. Comme peut-il savoir ce dont j'ai besoin avant que je le sache ? Le soleil est plus chaud, le sanctuaire des arbres est désormais un mur vert dense derrière nous. Ici, il n'y a pas de repos, pas de lumières féériques qui flottent tout autour, pas de ruisseaux paresseux. Devant nous, une rivière sombre découpe une entaille dans le pourpre envahissant, et une ville délabrée – un peu comme dans le vieil Ouest – se trouve sur l'autre rive.

— Qu'est-ce que c'est ?

— Blood Run, répond Gareth.

— La seule ville des Plaines Rouges. Pleine d'escrocs, de voyageurs et de hors-la-loi.

— Alors, c'est comme Mos Eisley de *Star Wars*.

Je souris à mon soi-disant savoir de geek, certaine que personne ne comprendra ma référence au port spatial dans lequel Luke et Obiwan rencontrent Han Solo pour la première fois.

— Ça ressemble un peu à ma ville, dit Beth après

m'avoir lancé un regard vide. Dommage que ce soit moche.

— Dedans et dehors, renchérit Gareth.

— Nous nous arrêtons là ? dis-je à Gareth en m'étirant, et Léandre m'attrape par la taille.

— Pour les provisions, mais pas pour la nuit. Nous ne sommes pas en sécurité. Nous serons mieux protégés sur la route où nous pouvons voir ce qui arrive.

Il promène la paume de sa main vers le haut de mon dos, comme s'il s'appliquait à fixer ma silhouette dans ses souvenirs.

— J'espérais vraiment avoir un lit, ronchonne Beth. Je n'ai pas dormi dans un lit depuis…

Elle marque une pause et regarde à mi-distance.

— En fait, tout dépend si une pile de sacs de grains vides compte comme matelas.

Sa vie a été si difficile. Les marques de morsures sur son corps racontent une partie de sa douloureuse histoire. J'ai envie d'en savoir plus, mais elle fait diversion chaque fois que je lui pose des questions sur sa vie d'esclave Changeling. Je fais la même chose quand elle m'interroge sur mon passé, aussi je ne peux pas lui en vouloir. Il vaut mieux laisser certaines parties de sa propre histoire de côté, même si l'on ne les oublie jamais.

— Granthos était ton maître ? demande Gareth.

— Oui, répond-elle tout doucement.

Il grogne en réponse, mais ne dit rien d'autre à ce sujet.

Beth m'envoie un regard interrogateur, puis hausse les épaules et se retourne vers la ville.

— J'espère qu'ils ont du pain.

— Moi aussi, dis-je heureuse d'embrayer sur ce sujet. Les glucides c'est la vie.

— Les glucides ? demande Léandre tout en soufflant à nouveau sur ma nuque, et j'ai envie de gémir.

— Carbohydrates. Ce dont le pain est composé en majorité.

— Tu parles comme une véritable alchimiste, dit-il avec fierté.

— Je ne suis pas une alchimiste. Juste une presque-chimiste. Ce n'est pas la même chose. De plus, tout le monde sait que le pain contient des glucides. C'est pour cela que je l'aime autant. Les glucides sont ma confiture.

— Je connais la confiture. Nous avons tout un cellier à la Montagne Haute qui en est remplie.

J'entends le sourire dans sa voix.

— Tous les parfums que tu souhaites.

Je ris en m'appuyant contre lui. Son torse est

devenu le dossier pour mon dos et ses bras ma ceinture de sécurité.

— Dans ce cas, je suis sûre de faire une descente dans la salle des confitures quand nous arriverons.

Mais après je rentrerai chez moi. À cette idée, une sensation de douleur m'envahit. Mon but est toujours de partir, mais curieusement, chaque jour passé avec Léandre me rend l'idée du départ difficile. Sans parler des liens que j'ai construits avec Beth et Gareth. Je n'ai rien de comparable chez moi – ma seule pseudo-amie, Cécile, est celle qui m'a envoyée ici, alors c'est plus une ennemie qui fait des coups dans le dos. Je me demande toujours pourquoi elle l'a fait, et je n'ai pas réussi à assembler toutes les pièces du puzzle. C'est alors qu'une pensée me traverse l'esprit comme un flash, et je saute presque de cheval.

— Attendez, ATTENDEZ ! dis-je en criant si fort que Kyrin a peur.

— Que se passe-t-il ? répond Léandre qui se crispe et sort son épée.

— Byrn Varyndr, dis-je en me frappant le front.

— La capitale du royaume de l'été ? répond Léandre avec une voix feutrée et prudente. Qu'est-ce qu'il y a ?

— Cela se traduit par Long Island, dis-je en

serrant les dents au moment où certaines pièces du puzzle commencent à s'emboîter. Je ne l'avais pas réalisé jusqu'à ce que j'apprenne le Fae, et je n'y avais pas pensé jusqu'à cette seconde. Mais en anglais, ça veut dire Long Island.

— Tu m'as perdue, dit Beth en plissant les paupières.

— Cécile disait toujours qu'elle venait de Long Island !

Je prends une inspiration et j'essaie de garder un ton calme ; j'ai assez effrayé Kyrin.

— Et vous voyez, je pensais qu'elle parlait de Long Island, New York, mais je pense que pendant tout ce temps, ce qu'elle voulait vraiment dire c'était Byrn Varyndr.

Beth garde les yeux plissés.

— Donc ta colocataire est une Fae du royaume d'été ?

— Oui !

Kyrin fait un petit saut, et je caresse sa crinière.

— Désolée, mon pote. Je vais être plus calme. Mais oui, je pense que c'est ça. C'est une Fae du royaume d'été, peut-être une échangée ? Je ne sais pas.

— Les échangés ne réalisent pas qu'ils sont Faes, répond Léandre en choisissant ses mots.

— Elle est quelque chose d'autre. Une Fae, mais pas un échange traditionnel.

— Mais alors, que fait-elle ici ? demande Beth en rongeant son pouce.

— Je n'ai rien entendu de tel.

— Ni moi, dit Gareth en fronçant ses sourcils.

— Il faudra vraiment que nous parlions à Ravella quand nous serons à la Montagne Haute. C'est la seule qui sait peut-être ce que fait Cécile dans le monde des humains et la raison pour laquelle elle t'a envoyée ici.

Je soupire et je descends. Une chose est maintenant claire, mais le reste est toujours caché. Toutes ces questions qui se bousculent dans ma tête commencent à s'enchevêtrer, les fils se croisent. Léandre semble percevoir le brouhaha dans ma tête et il caresse doucement mon avant-bras, chassant mes réflexions sur ce mystère jusqu'à ce que me concentre plutôt sur ses effleurements.

Gareth nous conduit à la rivière dont la surface est couverte par un brouillard bas parsemé de verticilles, comme si quelque chose tournoyait sous la surface. D'après ce que je vois, le seul moyen de la traverser est d'emprunter un grand pont fait de morceaux de charpente et de pierres couvertes de mousse. Un chariot approche et un homme avec des ailes squelettiques qui dépassent de son dos nous adresse un simple signe de la tête en passant.

— Qu'est-ce que c'était ? dis-je en essayant de ne pas le fixer.

— Un Fae de rang inférieur. Ils peuvent être constitués de différentes races, mais ils ont un filet de sang de Fae de haut rang dans leur sang.

— Pourquoi les appelez-vous de rang inférieur ? C'est un peu… snob.

Léandre soupire.

— Il en a toujours été ainsi. Une façon simple de distinguer les Fae de haut rang au sang pur et ceux à l'ascendance mélangée.

Je fronce mon nez.

— Même si ce n'est pas une insulte pour vous, cela ne veut pas dire que c'est bien. « Inférieur » a une connotation négative, quelle que soit la façon dont vous le dites.

— Je le reconnais, répond Léandre en nous poussant vers le côté de la route au passage d'un autre chariot plus grand.

— Léandre a essayé de changer les classifications des êtres du royaume d'hiver il y a longtemps, mais ces distinctions persistent encore, répond Gareth qui chevauche devant nous, son dos large cachant Beth.

— Il voulait supprimer les classes séparées et avoir simplement des Faes, continue Gareth en grommelant.

— Mais les nobles ne le voulaient pas, craignant une rébellion. Nous n'avions pas besoin de verser plus de sang, pas après les siècles que nous avions déjà passés en guerre. Tout du moins, c'était mon conseil. Léandre voulait l'instituer et envoyer au diable les nobles.

— Ce sont des idiots, répond Léandre de façon détachée.

— Ils le sont. Mais nous avons besoin de stabilité.

Les mots de Gareth ont l'air de sortir d'un échange de point de vue que les deux Faes ont eu plus d'une fois.

— Nous continuerons cette discussion un autre jour. Pour l'instant Taylor et Beth, soyez en permanence sur vos gardes. Ne parlez à personne, dit Gareth en levant une main.

— Nous reprendrons la discussion, dit Léandre en serrant ma main. Mais Gareth a raison. Blood Run est un gouffre dans lequel nous ne pouvons pas nous permettre de tomber. Gareth et moi nous occuperons des affaires, trouver des provisions, et ensuite nous partirons.

— On dirait bien que nous allons passer un bon moment, dit Beth d'un ton moqueur.

La route est plus fréquentée à l'entrée de la ville. Des créatures qui défient l'imagination déambulent le long de la chaussée, entrant dans les magasins ou discutant. Certaines sont des Faes de haut rang, on le devine grâce à leur stature et leurs oreilles. Il y en a d'autres qui restent un mystère, bien que je pense qu'il s'agit de Changelings, dispersés sous les porches rougis par la poussière. Nous traversons une ruelle et je vois deux mâles le torse nu se battant avec d'énormes haches qu'ils balancent dans les airs, alors que les cris de leur bagarre laissent tout le monde indifférent. On ne voit pas grand-chose à mesure que nous avançons sur la route. Peut-être quc Gareth n'exagérait pas quand il disait à quel point cette ville était dangereuse.

Arrivé devant la devanture d'un magasin, Gareth saute de cheval et regarde tout autour dans la rue. J'imagine que la vision de deux Faes du royaume d'hiver avec deux Changelings débraillées n'est pas chose courante.

— Il me faut un chapeau, dis-je en regardant vers le ciel trop brillant. Les arbres m'ont protégée dans la forêt, mais ici je vais finir carbonisée.

— Des vêtements également, renchérit Beth en

passant une jambe par-dessus la monture pour sauter du cheval. Tu as besoin de te couvrir. Et moi aussi.

— On vous a dit de ne pas bouger et... grogne Gareth lorsque je commence à descendre. Léandre m'attrape par la taille et me fait descendre doucement.

— Beth a raison. Nous avons besoin de vêtements. Y a-t-il un magasin de ce genre par ici ?

— Il y a le magasin général, mais vous deux vous n'y entrerez pas, répond Gareth avec un air sévère.

Léandre hausse les épaules.

— Si ma... dit-il en jetant un coup d'œil à la rue très fréquentée.

— Mon *amie* a besoin de vêtements, donc nous allons en acheter.

— Bien. Entrons avant d'attirer encore plus l'attention sur nous.

Gareth nous précède sous le porche et dans le magasin, grommelant sans cesse dans sa barbe contre les femmes. Léandre sourit et lui offre son bras. J'éprouve un léger sentiment de peur quand j'entre dans le magasin.

Je retrousse mon nez quand nous entrons.

— Quelle est cette odeur ?

— La viande, répond Gareth en montrant une

rangée de carcasses derrière un comptoir de bois brut.

— Quel genre d'animal est-ce ? dis-je en regardant une cage thoracique qui ressemble un peu trop à celle d'un humain.

— Il vaut mieux que tu ne le saches pas, répond Léandre en m'entraînant au fond du magasin tandis que Gareth va discuter avec le Fae derrière le comptoir.

— Pas beaucoup de choix, dit Beth en passant sa main le long d'un portant de vêtements brun foncé aux coutures noires.

— Mais ça fera l'affaire, dit-elle en attrapant deux tuniques à manches longues.

— Oh, des pantalons !

J'en prends quelques-uns accrochés sur de maigres cintres de bois. Beth en attrape aussi et les tient au niveau des hanches.

— Ils m'iront bien. Et, regarde, des nouveaux sous-vêtements, gloire aux Ancêtres !

— Y a-t-il des cabines d'essayage ? dis-je en regardant vers le fond du magasin, mais la porte sombre qui mène à l'intérieur n'est pas particulièrement engageante à cause des fourrures clouées tout autour.

Léandre recule, et une barrière vaporeuse apparaît autour de Beth et moi.

— Je vous cache. Personne ne peut vous voir.

Beth et moi nous nous déshabillons.

— Personne à part moi, dit-il en croisant mon regard et sans le laisser le sien descendre vers mon corps nu.

Un frisson parcourt ma colonne vertébrale, envoyant des vagues de chaleur à l'intérieur de moi. Comment fait-il pour me transformer constamment en obsédée ? Lorsque ses lèvres esquissent un sourire, je sais qu'il sait à quoi je pense. C'est horriblement gênant.

— Pas mal, dit Beth en lissant ma tunique. Tu vas avoir besoin d'une ceinture.

L'étoffe marron tombe autour de sa taille. Je me tourne pour en chercher une pour moi, et Léandre en a déjà deux dans sa main, qu'il s'empresse de me tendre.

— Merci, dis-je en les prenant, et Beth et moi avons terminé.

— Attendez, et les chaussures ?

À nouveau, Léandre en a déjà préparé deux paires.

— Est-ce que les Faes peuvent lire dans les pensées ?

Je jette mes chaussures sales et usées et je glisse mes pieds dans une paire en cuir choisie par Léandre.

— Certains le peuvent, mais c'est très rare. La plupart ne pratiquent aucune magie.

— Vraiment ? Je pensais qu'ils le faisaient tous.

— Ce que je veux dire, c'est que la plupart des Faes ont un talent d'un genre ou d'un autre, répond-elle avec une grimace. Mon maître avait un talent pour les créatures. Ce n'était pas exactement de la magie, mais Granthos pouvait communiquer de façon basique avec la plupart des bêtes. Et il pouvait leur dire quoi faire.

Elle ne mentionne pas les cicatrices qui marquent son corps, mais elle n'a pas besoin de le faire. Son maître a donné l'ordre à une sorte de chien vampire de se nourrir d'elle. J'espère seulement qu'un jour il recevra la punition qu'il mérite.

Elle se lève et rassemble ses cheveux blond foncé dans un gros nœud.

— Quoi qu'il en soit, la magie n'est pas si courante et la magie possédée par Léandre et Gareth ? Elle n'est pas habituelle.

Elle fait glisser deux chapeaux à larges bords du sommet d'une maigre étagère de vêtements et m'en tend un.

— Il faudra que ça aille. Ils n'ont pas d'autre choix. Peut-être qu'ils nous dureront jusqu'à ce que nous ayons traversé les plaines, dit-elle sans en être sûre.

— Nous ferons en sorte que ça aille, je lui réponds en testant la barrière de Léandre avec mon doigt. Elle envoie un picotement dans mon bras.

— Nous sommes prêtes.

La barrière disparaît.

— Tu voudrais autre chose ? demande Léandre, ses yeux étincelants lorsqu'il inspecte ma nouvelle tenue.

— Une brosse à dents.

Je ne pense pas qu'ils en aient. C'est un magasin des contrées sauvages, pas porté sur l'hygiène.

— Oh, et une brosse à cheveux.

C'est drôle, mais chez moi, mon désir le plus cher était d'avoir un ensemble de stylos Barin Fig Squire. J'étais sûre que si j'avais ces stylos chics, j'écrirais tous les jours dans mon journal, au lieu d'une fois par semaine lorsque j'y pense. Des châteaux en Espagne ou plutôt des stylos en Espagne. Mais maintenant ? Une simple brosse à dents me ferait plaisir.

— Tu en as assez des brosses à dents en brindilles

que je nous ai fabriquées ? demande Beth d'un ton presque irrité.

— Non, bien sûr que non, je réponds du tac au tac. Mais dans les plaines, il n'y aura pas d'arbres, alors tu ne pourras pas en faire de nouvelles.

Elle réfléchit un petit moment avant de répondre :

— Bon point.

Puis, se tournant vers Léandre.

— Nous avons besoin de brosses à dents.

Gareth est toujours en train de se disputer avec le commerçant, bien qu'il ait une petite pile d'articles sur le comptoir.

— Pas ici, dit Léandre en nous conduisant à la porte. L'auberge de l'autre côté de la route aura pcut-être quelques articles de ce genre. Je vous y emmènerai.

— Léandre, cet escroc essaye de nous faire payer le double, simplement parce que ma tête ne lui revient pas.

Gareth se dresse au-dessus du commerçant qui claque du bec.

— Je ne laisserais pas ma mocheté de sœur s'asseoir sur un visage comme le tien.

Le commerçant a une rangée de plumes vertes sur le sommet de tête qui se dresse en signe de défi.

Léandre soupire.

— Attendez ici.

Il enjambe le comptoir.

— Nous avons besoin de provisions et nous apprécierions de payer le juste prix. Si vous préférez traiter avec moi...

— Vous, les Faes du royaume d'hiver n'êtes pas les bienvenus ici.

— J'ai de l'argent. Vous avez les articles. Discutons.

— Viens, me dit Beth en me tirant hors du magasin vers le porche poussiéreux.

— Nous ne devrions pas attendre Léandre ? je réponds en regardant dans le magasin, mais c'est trop poussiéreux pour y voir alors que le soleil est si brillant.

— C'est juste de l'autre côté de la rue. Tout ira bien. Il y a quelques crétins surprotecteurs ici.

Elle monte sur le bord du porche au moment où un autre chariot passe avec quelques chevaux.

— Viens, voilà notre chance.

Je la laisse me tirer hors du porche pour aller sur la route poussiéreuse. Nous nous dépêchons en évitant toutes les créatures du porche opposé.

— Tu vois, dit Beth en souriant.

— D'accord, mais dépêchons-nous, je sais comment Léandre peut devenir.

— Follement possessif, répond-elle vivement.

— Oui, c'est ça, dis-je en ajustant mon chapeau sur ma tête, surtout pour éviter le regard indiscret du Fae à côté de nous.

— On peut se débrouiller par nous-mêmes, dit-elle en entrant dans l'auberge. Ne t'inquiète pas ta...

Son hurlement coupe sa phrase alors qu'un grand Fae l'attrape et entrave ses poignets.

— Laissez-la partir, dis-je en me précipitant tandis que les créatures dans l'auberge se dispersent, renversant les tables et les chaises. Attrapant le bras de Beth, j'essaie de la délivrer du Fae. Il est presque aussi grand que Léandre, la force transpire de lui. Il porte un bandana sur le bas de son visage. Lorsque je vois ses yeux noirs, je suppose que c'est un Fae du royaume d'hiver.

— Elle est à moi, dit-il.

Il maintient sa forte prise sur la chaîne entre ses menottes tandis qu'elle force pour se libérer avant de relever le bord de mon chapeau.

— Toi aussi tu es une fugitive ?

— Cours ! crie Beth en lui donnant un coup de pied dans le tibia, mais cela ne semble pas le déranger. C'est l'Attrapeur !

— Léandre ! je hurle en pensant que mon cri sera assez fort pour être entendu jusqu'au palais d'été.

L'auberge devient sombre, un souffle froid pénètre si vite dans le bâtiment que je claque des dents. Léandre entre derrière moi, son apparition est comme la présence tangible d'un poing froid.

— Relâche-la, dit-il en tenant son épée avec une aisance mortelle et il me tire en douceur derrière lui.

— Attrape-le ! dis-je en lui tapotant le dos ;

C'est à peu près toute mon utilité dans cette situation.

— L'Attrapeur, n'est-ce pas ? dit Léandre d'une voix glaciale, bien qu'il abaisse son épée.

L'Attrapeur baisse légèrement son menton en direction de Léandre. Est-ce une marque de respect ?

Gareth se précipite, une épée dans chaque main. L'auberge s'est complètement vidée comme s'il s'agissait d'un duel dans une ville fantôme.

— Relâche la Changeling, dit Gareth en s'avançant avec une colère encore plus grande que celle de Léandre.

J'observe mon guerrier Fae. Non, ce n'est pas « mon ». J'essaye de me débarrasser de cette pensée possessive, mais elle semble incrustée au plus profond de mon esprit.

— Elle s'est enfuie de chez son maître, dit l'Attrapeur, comme si cela expliquait tout.

— Et maintenant, c'est une citoyenne du royaume d'hiver. Libre, répond Gareth à peine hors de portée.

L'Attrapeur caresse une de ses épées.

— Je déteste chipoter, mais voyez-vous, elle n'est pas *dans* le royaume d'hiver. De ce fait, elle n'est pas libre. Ici, elle n'est qu'une Changeling en fuite.

— Chipotez tout ce que vous voulez, mais vous allez la libérer, dit Gareth en levant ses poignards.

Léandre recule et pose une main sur ma hanche, l'autre tenant toujours son épée. Va-t-il déclarer forfait ?

— La relâcher ? demande l'Attrapeur en levant son menton avant de le baisser à nouveau. Sa main décolle, bien trop rapide afin que je puisse voir autre chose que du brouillard.

Je tremble, mais Gareth dévie facilement le souffle et contre-attaque ensuite avec un coup de pied puissant dans l'estomac de l'Attrapeur. Il recule en volant à travers une fenêtre sans vitre qui donne sur la rue.

Gareth donne l'assaut pendant que je me rue vers Beth.

— Ça va ?

Elle agite ses menottes de métal en disant :

— Mieux que jamais.

— Léandre, pouvez-vous lui enlever ces choses ?

Il s'en approche, mais sa peau crépite et il fronce les sourcils.

— Elles sont ensorcelées. Il n'y a que l'Attrapeur qui puisse les ouvrir.

— Super, dit Beth, pince-sans-rire.

Un cri brutal nous attire dans la rue, mais Léandre nous garde toutes les deux derrière lui.

Gareth tourne et frappe comme un générateur de mort. L'Attrapeur trébuche en reculant, mais il démontre une défense impressionnante.

— Gareth est fou, dit Beth en secouant la tête. Vraiment fou.

C'est à mon tour de lui sourire.

— Je pense qu'il a eu un coup de cœur.

Elle me répond par un pff et continue à regarder le combat. La rue est vide, mais de nombreuses créatures se sont rassemblées sous les porches pour observer le duel.

— Vous n'allez pas l'aider ? dis-je en attrapant l'avant-bras de Léandre.

— Il n'a pas besoin de moi, répond-il en posant sa main sur la mienne. T'ai-je déjà dit combien j'apprécie quand tu me touches ?

— Très peu, seulement… une *centaine* de fois.

Il me sourit en retour.

— Habitue-toi, fillette.

— Vous allez tous les deux vraiment faire ça pendant que Gareth se bat pour sa vie ? demande Beth en sortant du porche, mais Léandre la retient.

— Gareth est mon guerrier le plus meurtrier. Il n'y a aucune raison à craindre pour le résultat de ce duel.

— Ah bon ? Pas besoin d'avoir peur, c'est ça ? dit Beth en le secouant. Dis-moi, Roi Malin, si Gareth tue l'Attrapeur, alors qui m'enlèvera ces menottes ?

— Il ne sera pas tué, répond Léandre en haussant les épaules.

— Comment le sais-tu ? grogne Beth avant d'aller dans la rue.

— Hé, enfoirés !

Je lève les sourcils. Je ne l'ai jamais entendu jurer auparavant. Gareth et l'Attrapeur s'arrêtent.

— J'ai besoin de lui pour enlever ces menottes, alors, ne le tue pas.

— Il t'a blessée, dit Gareth en plissant les yeux.

— Non, il a juste essayé de me kidnapper, dit Beth en levant les mains. Mais il faut me les enlever.

— D'accord. Ça suffit, dit Léandre qui lève la main et envoie une explosion de froid glacial dans la rue. Les spectateurs disparaissent dans les bâtiments ou tournent les talons et s'enfuient vers le pont.

Gareth tourbillonne et envoie un coup à la gorge de l'Attrapeur, mais celui-ci réussit à le stopper avec sa propre épée juste avant le contact. Je m'agrippe encore plus à Léandre. Je ne sais pas si je suis prête à voir ça. Tyrios flotte toujours dans un coin de mon esprit, ce n'est pas vraiment qu'il me hante, mais la façon dont il est mort n'est pas quelque chose que j'arrive à effacer facilement. Suis-je prête à voir une autre mort ?

Léandre me jette un regard inquiet, puis se met à crier,

— Phinelas, ça suffit.

— Phinelas ?

Gareth arrache le bandana du visage du mâle.

Un beau sourire remplit le blanc.

— Gareth

— Par les Spires, que se passe-t-il ?

— OK, là je n'y comprends vraiment plus rien, dit Beth en s'appuyant contre moi.

Léandre fait signe aux deux mâles.

— Entrons. Ce n'est pas une chose dont nous devons parler ici.

CHAPITRE 9

LÉANDRE

Gareth est toujours furieux en entrant dans l'auberge déserte, mais il se détend un peu lorsque Phinelas libère Beth de ses menottes.

— Comment se fait-il que vous connaissiez l'Attrapeur ? demande Taylor alors que je lui avance une chaise.

— Je n'ai jamais rencontré l'Attrapeur, dis-je en remettant une table et quelques chaises sur leurs pieds avant de m'asseoir à côté d'elle.

— Je ne comprends pas, dit-elle en fixant Phinelas, mais son regard n'est pas aussi dur que celui que lui porte Gareth.

— Phinelas est l'un des nôtres, un membre de la

Phalanx, mais j'avais cru comprendre qu'il enquêtait sur les disparitions.

Gareth partage son regard entre Phinelas et moi.

Phinelas remet les menottes dans sa poche puis saute par-dessus le bar au fond de la pièce et revient avec quelques bouteilles.

— Je suis en train d'enquêter… à ma manière, dit-il en posant les bouteilles et quelques verres sur la table.

— En paradant dans les environs en Attrapeur ? demande Gareth en conduisant Beth vers une chaise qu'il lui recule galamment. Je ne sais pas s'il se rend compte de ce qu'il fait.

Elle sourit et prend la chaise, puis fait semblant d'enlever la poussière d'une jupe imaginaire.

Gareth le remarque et esquisse un sourire avant de prendre son habituel ton grognon pour s'adresser à elle.

— Et toi ! Tu pars et tu te fais attraper en mettant Taylor en danger. Je devrai t'emmener à l'extérieur et...

— Gareth, calme-toi, dis-je en poussant du pied une chaise vers lui.

Gareth l'attrape.

— Phinelas est ici sur mon ordre.

Je m'attends à la colère de Gareth, mais il reste assis et croise ses bras sur la poitrine. Son silence n'annonce jamais rien de bon.

Je me dépêche de fournir l'explication.

— Lorsque les disparitions ont commencé à se multiplier, spécialement parmi les Changelings, j'ai décidé que la meilleure façon d'interroger les Changelings du royaume d'été serait que l'un d'entre nous prenne l'apparence de l'Attrapeur. Cela nous donnerait un accès libre aux Changelings, peut-être même à ceux qui avaient l'intention de partir pour les Montagnes Grises.

— Tout cela est bien joli, dit Gareth en attrapant un verre sur la table, mais tu n'as pas pensé à m'en parler ? Je suis ton commandant en second, et tu m'as caché ça ?

Il prend une gorgée avant de laisser exploser sa colère.

— Et tu as permis à Phinelas d'attraper ces pauvres esclaves Changelings et de les ramener à leurs horribles maîtres ?

— Non, dis-je en reniflant le verre de Taylor avant de la laisser y goûter.

— Il ne ramène aucun Changeling à leurs maîtres. Il les emmène au royaume d'hiver et les libère.

— Mais alors comment fait-il pour avoir du travail ? S'il ne les livre pas ?

Phinelas me salue avec son verre.

— Je ne les livre jamais, mais il y a un véritable Attrapeur par ici, qui le fait. Le truc pour moi c'est d'avoir ses missions avant qu'il ne les ait. Il me connaît ; ou du moins, il sait qu'il a un sosie. Mais, comme nous le suspections, il ne divulgue pas l'information aux clients. Ce serait le meilleur moyen de tuer son commerce. Au lieu de cela, il passe son temps à me traquer chaque fois qu'il est entre deux missions, en essayant de me descendre tranquillement.

— Mais bon sang, pourquoi ne m'en as-tu pas parlé ? demande Gareth toujours sous le choc.

— Parce que tu aurais dit non.

Phinelas vide son verre et s'en sert un autre.

— Tu as sacrément raison que j'aurais dit non ! dit Gareth qui est pratiquement en train de hurler. Tu as mis la trêve avec le royaume d'été en danger en libérant leur Changelings !

— Mais c'est la meilleure chose à faire, mon vieil ami, dis-je en posant ma main sur son épaule. Et tu le sais.

— Peut-être, mais stratégiquement...

— Ne pense pas à la stratégie. Pense à ce que tu as ressenti quand tu as vu Beth avec les fers.

— Mais, ce... répond-il en secouant la tête. Ce n'est pas la même chose.

— Parce que tu m'aimes beaucoup, non ?

Beth sourit et boit son whisky comme si c'était de l'eau.

Gareth se calme un peu en bégayant une vague dénégation qui se termine par « maudites bonnes femmes » et une gorgée de l'une des bouteilles.

Sous la table, Taylor prend ma main.

— Vous avez libéré des Changelings ?

— Techniquement, Phinelas l'a fait, dis-je en levant mon verre.

— À Phin.

Gareth ronchonne, mais lève sa bouteille.

— Ce n'est pas terminé. Nous allons en discuter Léandre.

— Discutons-en sur la route.

Près de nous, les gens de la ville se mettent à courir dans tous les sens.

— Nous avons assez attiré l'attention. Phin, continue le travail et sauves-en autant que tu peux. Je te ferai savoir quand il sera temps de retourner à la Montagne Haute.

— Une dernière chose avant de nous quitter, dit Phin en levant les yeux vers Taylor.

Un grand frisson court le long de mon cou, le Fae sauvage n'accepte pas le regard direct de Phin.

— Pourquoi amènes-tu ces Changelings à la Montagne Haute ?

— Ce n'est pas ton problème, répond Gareth en se levant.

Je me lève et j'offre ma main à Taylor. Elle la prend et se met debout à mes côtés. Les yeux de Phin s'écarquillent, il perd sa contenance alors qu'il essaie de comprendre pourquoi je suis si familier avec une Changeling.

— Y a-t-il une raison d'espérer ? La malédiction est enfin...

Il se lève si vite que la chaise tombe

— Ta compagne. Cette Changeling est...

— Plus un mot Phin, dit Gareth en regardant tout autour.

— Mon sort a assourdi nos paroles, mais on n'est jamais trop prudent.

Je passe mon bras autour de Taylor, et pour mon plus grand plaisir, elle s'appuie sur moi. Phin sourit, et un grand poids lui est enlevé.

— C'est une grande nouvelle, je n'arrive pas à la décrire, dit-il en nous suivant.

Il sort son épée et s'agenouille devant Taylor avant de prononcer son serment en baissant la tête. Mes guerriers les plus dignes de confiance ne me décevront jamais, et leur loyauté sans faille a plus de valeur pour moi que toutes les richesses dont peut se vanter le royaume d'été.

— *Bladanon thronin.*

Elle prononce les mots sans hésitation avec une force tranquille qui la traverse de la tête aux pieds. Bien qu'elle ne le sache pas encore, elle sera une reine formidable, et je serai toujours fier de l'appeler ma compagne.

CHAPITRE 10

TAYLOR

Le ciel est si vaste qu'il s'abat sur le sol dans des tons de bleu profond, et un tourbillon de poussière cramoisi virevolte à l'horizon.

— Il y a des gens qui vivent ici ? dis-je en baissant le bord de mon chapeau.

Léandre se protège les yeux.

— Ces terres sont le berceau des Vundi, un groupe de nomade Faes de rang inférieur. J'ai entendu des récits au sujet d'un vaste réseau sous la surface des plaines, des routes de fer et des halls de pierre, d'une communauté Vundi, mais je ne l'ai jamais vue.

— Elle n'existe pas, dit Gareth en menant son cheval du côté droit de l'étroite route rouge.

— Quelqu'un qui l'aurait déjà vue et qui en serait

revenu nous en aurait certainement parlé. En plus, les Vundi sont violents et primitifs. Ils n'ont aucune idée de ce que représente la construction d'un vaste réseau de grottes comme ça.

— Cela ressemble aux Mines de la Moria.

— Les mines ? répond Gareth en montrant un point à sa gauche de l'autre côté des Plaines Rouges. Celles-ci sont loin au sud.

— Non, dis-je en souriant à mon étalage de connaissances humaines – même si c'est de la fiction. Les Mines de la Moria sont dans un livre. Bon, je n'ai pas lu les livres, mais j'ai vu les films. C'est un immense lieu souterrain, et ils ont d'énormes murs et des salles et une ville entière. C'est imaginaire et il y a des nains.

— Humm, dit Léandre en soufflant à nouveau sur mon cou.

— Cela ressemble aux grottes de la Chaîne des Wyvern. C'est un ensemble de montagnes le long de la frontière du royaume d'hiver. Je suis allé près du sommet du Caron, le plus élevé des pics, mais je peux t'assurer que ce lieu sombre et humide n'a rien en commun avec ce que tu as décrit.

— Cela semble effrayant, dis-je en me tournant pour le regarder.

— Nous n'avons aucune raison de nous aventurer

là-bas, répond-il en me serrant un peu plus imperceptiblement.

— Tu seras en sécurité à la Montagne Haute et nous n'avons pas besoin d'aller plus loin.

— Qu'y a-t-il à la Montagne Haute ? Une ville ? Ou une sorte de gros château ?

Léandre se met à rire.

— Ça n'a rien de comparable avec ce que tu as déjà vu. Des murs de pierre sur lesquels aucun sort n'a d'effet, de hautes tourelles portant l'étendard du Gladion, et un donjon qui n'a jamais été franchi. Tout a été bâti il y a des siècles et possède toujours aussi fière allure qu'à l'époque. Il y a une ville, Cold Comfort au bas de la montagne. Elle est protégée des vents mauvais et de la douloureuse morsure du froid qui danse le long des sommets.

— Il y a beaucoup de gens là-bas ?

Je ne sais pas pourquoi je suis aussi curieuse puisque j'ai l'intention d'en partir dès que j'y serai arrivée.

— Cold Comfort est la plus grande ville du royaume d'hiver, mais elle n'a pas autant d'habitants que le royaume d'été.

— Mais n'avez-vous pas gagné une guerre contre le royaume d'été ? dit-elle en levant un sourcil.

Comment avez-vous fait si vous avez si peu de gens pour combattre ?

— J'ai gagné la paix, oui. Et je pense que tu trouveras des Faes dans mon royaume qui sont plus durs que ceux qui vivent dans les terres de l'été.

— S'ils sont comme vous, je ne suis pas étonnée que vous ayez remporté la victoire.

Je souris en le voyant bomber le torse plein de fierté. Il peut être si mignon parfois, même si c'est un immense guerrier.

— Hé, en parlant de batailles, j'aimerais que vous m'appreniez à me servir de ça, dis-je en sortant l'épée obsidienne du fourreau improvisé que Beth a fabriqué pour moi.

— Vous n'en avez pas besoin, répond Gareth en secouant la tête. Votre roi et la Phalanx sont vos protecteurs dévoués.

— Bien sûr, mais vous n'êtes pas toujours avec moi. Vous vous souvenez de Tyrios ?

Je réprime un frisson. Son souvenir est le seul dont je crains de ne jamais pouvoir me débarrasser.

— Il m'a attrapée quand j'étais seule, et je suis en danger depuis lors. J'ai besoin d'être capable de me défendre toute seule. En fait, chez moi je peux me servir de mes clés de voiture en les mettant entre mes doigts ou donner un coup de pied entre les jambes, mais ici, ce n'est pas suffisant.

— Vous avez déjà donné un coup de pied à un homme entre les jambes ?

La peau de Gareth est plus pâle sous la poussière de la route.

— Non, pourtant je le ferai si c'est nécessaire.

— Elle a raison, dit Léandre. Elle a besoin de pouvoir se défendre toute seule.

— À la fin de ce voyage, tu seras capable de cuisiner, de nettoyer et d'écorcher vif un homme, dit Beth en souriant.

— Certaines compétences ne se démodent jamais, dis-je en lui rendant son sourire moqueur.

— AÏE ! DIS-JE EN PASSANT MA MAIN SUR MES FESSES que Léandre vient de frapper en passant.

— Vous êtes obligés de me donner une fessée avec cette chose ?

Il fait tourner une courte épée à son poignet.

— Je serai ravi de le faire avec ma main, si tu préfères. Et peut-être te mettre sur mes genoux si tu n'es pas assez performante ?

Mon estomac se serre à la vision qu'il provoque, et il laisse s'échapper un petit grognement.

— Fais attention, fillette, dit-il en pliant ses bras nus sous le soleil brûlant.

— Vous, faites attention ! Je rétorque en me jetant vers lui, munie de l'épée obsidienne.

Il esquive avec aisance et claque encore mes fesses avec le plat de son épée.

— Tu t'améliores un peu.

— Non, dis-je en soufflant et je réalise que j'aurais dû un peu plus utiliser mon abonnement gratuit à la salle de sport du campus. Mais je vais le faire.

— C'est l'intention qui compte, dit Beth en levant son verre d'eau avant de le boire.

— Tu devrais peut-être essayer ? Tu veux t'entrainer avec moi ? je lui demande en levant mon épée. Pour Léandre, c'est comme pêcher dans un tonneau, mais pour moi ce ne sera peut-être pas aussi facile.

— Tu as vraiment des expressions étranges, dit Beth en prenant une autre gorgée.

J'ai l'eau à la bouche.

— Concentre-toi, dit Léandre en m'attrapant par la gorge.

Je laisse tomber mon épée en essayant de retirer sa main. Cette dernière serre encore plus.

— Ne laisse jamais tomber ton arme. *Jamais*. Tu es une Changeling dans un monde rempli de créatures plus fortes et plus rapides. Je n'ai été qu'à une infime fraction de ma vitesse habituelle avec toi. Ne te laisse pas avoir.

J'essaie de frapper sa poitrine nue, mais je réalise avec horreur que je n'arrive même pas à l'atteindre quand il a les bras levés.

Il sourit quand je me balance à nouveau et que je ne frappe que de l'air.

— Crétin ! dis-je en éraflant son poignet qui se met à saigner.

Quand ses pupilles se dilatent, je comprends que j'ai tout raté.

— Je suis désolée, dis-je tout bas.

Il me tire vers lui, et je me retrouve écrasée dans ses bras quand il me soulève à sa hauteur.

— Gareth ! hurle Beth.

— Ma compagne veut mon sang, dit-il tandis que ses crocs s'allongent.

— Léandre, vous êtes encore en train de faire ce truc sauvage, dis-je la voix tremblante.

— Je te donnerai tout ce que tu désires, fillette.

Sa voix est basse et grave et je sens son érection

appuyer contre ma cuisse. Ma respiration s'accélère et je ne parviens plus à me concentrer sur autre chose que sur ses lèvres.

— Je ne voulais pas...

Il m'arrête avec un baiser, ses lèvres sont dures et exigeantes. Le fil qui semble nous relier se resserre et j'ouvre ma bouche pour le laisser entrer, pour m'abandonner aux plaisirs de ses lèvres. Je n'ai jamais été embrassée de cette manière, le simple contact de la bouche de quelqu'un sur la mienne n'a jamais provoqué une telle fièvre dans mon âme. Comment fait-il afin que sa langue trouve la mienne jusqu'à ce que la passion m'emporte et que je mette mes bras autour de son cou ? Une de ses mains vagabonde vers mes fesses et les presse, tandis que l'autre exerce une forte pression sur mon dos pour que je reste immobile. Je devrais arrêter ça, lui demander de me reposer. Je ne le fais pas. À la place, j'enroule mes jambes autour de lui et je soupire lorsque son ronronnement vibre entre nous.

— Monseigneur ? dit Gareth qui se tient à quelques mètres de là.

— La mienne, grogne-t-il avant de retourner à notre baiser.

— Elle l'a fait saigner, dit Beth d'un air amusé.

— Bon sang, dit Gareth en s'approchant et le

ronronnement de Léandre se transforme en grognement.

— Taylor, quand une compagne fait couler le sang, c'est un… heu, c'est...

— Un aphrodisiaque, crie Beth. C'est comme si tu lui avais léché la pointe de l'oreille ou que tu avais mis ta main dans son caleçon.

Léandre dépose des baisers le long de mon cou, sa langue danse sur ma peau si sensible que j'en ai la chair de poule sur les bras et le dos.

— Je peux te prendre là sous le soleil. Je peux te donner tant de plaisir. Passer des heures avec ma bouche entre tes jambes, et même plus longtemps avec ma queue tout au fond de toi jusqu'à ce que tu me supplies d'arrêter.

Il presse mes fesses, et je brûle de l'intérieur à mesure que ses mots enflamment mon imagination et que je suis de plus en plus humide.

— C'est pour ça que je suis venue, fanfaronne Beth.

— Arrête ça Changeling, dit Gareth en s'approchant.

— Monseigneur. Léandre. Ce n'est ni le moment ni l'endroit. Nous sommes en territoire ennemi.

— Je suis capable de protéger ma compagne,

répond-il en baissant le col de ma tunique pour déposer des baisers le long de mes épaules.

Je sais que je devrais protester, lui dire de me laisser partir. Je ne peux pas. Les mots ne me viennent pas. Aucun. Je n'arrive pas à penser quand il me touche ainsi.

— Nous sommes *exposés,* souffle Gareth. Pense à la sécurité de ta compagne !

— Il... il a raison, dis-je en faisant un effort énorme pour forcer ces mots à sortir.

— Taylor, répond Léandre en promenant doucement ses crocs le long de ma gorge. Je veux te faire plaisir, te donner tout ce que tu mérites.

— On ne peut pas, je réponds en secouant la tête et en essayant d'arrêter tout ça. Gareth a raison. Nous devons nous concentrer sur la Montagne Haute.

— Nous pouvons faire les deux, répond Léandre dans un soupir. Je peux me concentrer sur le fait de te goûter chaque nuit, tout en passant un long moment sur le chemin du royaume d'hiver.

— Non, je réponds en le repoussant et en regardant aux alentours.

Ai-je envie que ma première fois ait lieu dans un paysage rouge et inhospitalier avec deux témoins ? Non merci.

— Ce n'est pas bien.

— Je peux faire en sorte que ce soit bien, dit-il en frôlant ma joue avec ses lèvres, et j'ai tellement envie de m'abandonner que je tremble.

— S'il vous plaît, reposez-moi, dis-je en me mordant la lèvre pour arrêter de trembler.

Il grogne tout bas et longtemps en me faisant glisser le long de son corps pour me poser par terre, s'assurant que je sens chaque centimètre durci de son corps. Quand mes pieds touchent le sol, mon esprit s'éclaircit un peu et je recule. Il suit chacun de mes pas, refusant de laisser une quelconque distance entre nous.

Gareth s'avance vers nous.

— Léandre, si nous allions préparer les chevaux ? Il est temps de partir.

Léandre le regarde d'un air de défi.

— *Je* suis ton roi ! Nous faisons ce que je dis, quand je le dis. À moins que tu ne cherches à me défier ? Tu te mets entre moi et ma compagne. Oserais-tu tenter de la revendiquer ?

— Non, réplique Gareth l'air blessé, le regard désappointé. Je ne ferai jamais une chose pareille. Tu le sais. Ma loyauté est – et a toujours été – envers toi. Je sais que tu luttes en ce moment, et que ce n'est pas toi.

— Léandre, dis-je en posant ma main sur son dos. Gareth est votre ami, pas un rival. Arrêtez ça, voulez-vous ? Je n'aime pas lorsque vous agissez ainsi.

Il se tourne vers moi et cligne des yeux, ses pupilles rétrécissent et son visage s'affaisse.

— Je-je suis désolé, Taylor. Je ne veux surtout pas te décevoir.

— Je sais que c'est la chose sauvage. Et que vous ne pouvez rien y faire. Mais peut-être pouvez-vous essayer d'être un peu moins suspicieux ? Le pauvre Gareth a toujours été très gentil avec moi, et au cas où vous ne l'auriez pas remarqué, il est assez clair qu'il vous suivrait en enfer – heu, chez les Spires – et il y retournerait si vous le lui demandiez.

Il prend ma main et y dépose un baiser avec une tendresse que j'en suis venue à apprécier.

— S'il te plaît, pardonne-moi.

— Ça va. Parlez à Gareth, dis-je en le montrant de la tête.

— Les chevaux, dit Gareth en nous les amenant avec un regard rempli de gratitude envers moi.

— Bien sûr, répond Léandre en embrassant mon front avant de s'éloigner à grandes enjambées pour parler à voix basse avec Gareth. Au bout d'un moment, Beth et moi les entendons rire, et je peux souffler tandis que nous replions les sacs de couchage.

— Je pensais qu'on y était, dit-elle en fronçant les sourcils. Je pensais que j'allais assister à l'expérience d'un accouplement et que je pourrais le revoir dans ma tête chaque fois que j'aurais un moment seule.

— C'est un peu gênant, je réponds en essayant de ne pas rire. Cela ne ferait que l'encourager. D'accord, alors je ris un peu.

— Tu y es presque, Taylor. Cette fois-ci était encore plus proche que les autres. Quand tu te donneras, dit-elle en soupirant profondément – ce sera une nuit inoubliable.

— Tu as vraiment un problème, tu sais...

— Chut, dit-elle en levant une main dans ma direction.

Je me fige et lui dis.

— *Quoi ?*

Elle se tape l'oreille, et ensuite je l'entends – un sifflement sourd au loin. Se pourrait-il que ce soit un oiseau ? En y pensant, je n'ai même pas vu une seule tâche dans le ciel depuis que nous sommes dans cet étrange monde rouge.

Léandre tire sur les rênes de Kyrin et saute à terre. Il n'a pas besoin de dire quoi que ce soit. Nous sommes en danger. Encore.

À la vitesse de l'éclair, Beth défait le camp tandis que Léandre m'emmène vers Kyrin et me fait monter avec facilité. En quelques mouvements, il charge nos provisions et grimpe derrière moi.

— Que se passe-t-il ? je demande en m'agrippant fermement tandis que nous prenons la direction de la route, avec Gareth et Beth derrière nous.

— Les Vundi.

— Ils arrivent ? dis-je en regardant l'étendue vide et écarlate.

Léandre donne un coup d'éperon pour lancer Kyrin au galop.

— Ils sont déjà là.

CHAPITRE 11

LÉANDRE

Ils nous suivent depuis des jours, depuis que nous sommes sortis de Greenvelde. Mais ils ont fait la même chose quand nous sommes arrivés du royaume d'hiver et ils ne se sont jamais approchés. Pourtant, cette fois-ci c'est différent.

Un mouvement sur ma gauche attire mon attention puis disparaît aussi vite. Les Vundi sont les maîtres de ces terres, ils se fondent dans cette terre rouge comme s'ils en faisaient partie. Je les sens tout autour cachés à l'abri des regards.

— Devant, crie Gareth.

Je concentre mon regard droit devant. Toute une armée de Vundi apparaît sur la route, faisant surface comme le sang dans la poussière. Taylor se raidit, mais garde la tête haute. D'un bras, je la soulève et je la fais pivoter pour qu'elle chevauche derrière moi, ses bras autour de ma taille et son front posé sur mon dos. Je veux lui dire qu'elle est en sécurité, mais je ne quitte pas les Vundi des yeux et je ne dis pas un mot.

Une des meneuses s'avance, son écharpe rouge recouvrant pratiquement toute la peau bronzée de son visage et ne laissant voir que ses yeux argentés.

J'arrête Kyrin quelques centaines de mètres plus loin. Gareth est tout proche derrière moi, prêt à faire couler le sang en cas de besoin.

— Il est très étrange que les Faes du royaume d'hiver nous honorent de leur présence sur les Plaines Rouges, vous ne trouvez pas ?

La meneuse garde sa main sur le manche d'une épée courbée qu'elle porte à sa hanche. Un fouet est noué à la ceinture qui tient sa robe rouge collée à son corps.

— Nous ne faisons que passer.

Je laisse un souffle de fraîcheur s'échapper de moi, recouvrant l'air autour de moi avec des éclats de glace.

— Vous voyez, c'est ça le problème, dit-elle en souriant sous son écharpe, des rides de rires autour des yeux. Parce qu'il y a un prix pour chaque personne traversant mes terres.

— Vos terres ? Je réponds en baissant les yeux pour la regarder ainsi que le contingent de deux douzaines de guerriers vêtus de rouge derrière elle. Ces terres sont à l'intérieur du royaume d'été et sous le contrôle de la Reine Aurentia, à qui vous devez allégeance.

La meneuse soulève son écharpe et crache, ce qui constitue une grave insulte.

— Nous n'obéissons à aucune soi-disant reine.

— Si vous ne nous laissez pas passer, vous aurez affaire à la morsure du vent d'hiver.

Je ne fais pas de menace en l'air, et elle semble l'avoir bien compris, car son sourire se fige légèrement.

— Pas sans le droit de péage.

— Donnez-nous votre prix, dit Gareth chevauchant à une allure nonchalante avec Beth dans son dos.

La meneuse détourne son regard vers lui, avant de le ramener vers moi.

— Vous devriez rappeler votre chien, Votre *Majesté,* ricane-t-elle.

Ils savent qui nous sommes. Mais, bien sûr, le bruit que le roi du royaume d'hiver a passé la frontière a dû se répandre rapidement.

— Votre prix, insiste Gareth.

Elle promène ses doigts le long du fouet.

— Pas de mondanités ? Ça me va, monseigneur, dit-elle en se dirigeant vers Kyrin qui manifeste son mécontentement par un ronflement sonore.

— Tu sais ce que veut le roi d'au-delà de la montagne.

— Tu ne prendras pas ma vie, je lui réponds en allongeant mes crocs tandis que je surveille ses soldats. Ils ont été nombreux avant toi. Je les ai tous tués, quelquefois avec plus de gourmandise que je ne l'aurais dû.

Elle lève un sourcil.

— Toi ? J'ai l'impression que ton ego te dépasse, monseigneur. Je ne suis pas là pour ta tête. Mon prix est simple. Nous demandons la Changeling qui se cache derrière toi. Elle restera avec nous et le reste d'entre vous est libre de continuer sa route. Un prix vraiment raisonnable, car vous restez en vie même si vous avez pénétré sur nos terres sans autorisation.

— Ton prix, c'est la mort.

Un crépitement froid se répand à travers ma peau. J'arrive à peine à retenir ma magie, tout en moi exigeant que je détruise la menace envers ma compagne.

— Pourquoi la voulez-vous ? demande Gareth en

descendant de cheval avant de tendre les rênes à Beth. Il se positionne entre eux et moi.

Les guerriers se raidissent, certains sortent leurs épées courbes, mais la meneuse ne bouge pas. Immobile comme un serpent qui attend sa proie.

— La récompense pour sa tête.

— Quelle récompense ? je demande.

— Le roi d'au-delà de la montagne a promis que mon peuple aurait assez d'argent pour des générations entières. Quiconque amènera cette Changeling vivante aux Montagnes Grises recevra la récompense, dit-elle en libérant son fouet. Et j'ai l'intention de la réclamer.

— Peut-être que je suis la Changeling que vous recherchez. Y avez-vous déjà pensé ? crie Beth.

La meneuse ne lui adresse pas même un regard.

— Celle que je veux est désirée par le roi du royaume d'hiver. Et d'après la façon dont il la cajole, je suppose que c'est celle qui est sur son cheval.

Taylor met un coup de poing dans les affaires à côté de moi.

— Pourquoi me veut-il ? dit-elle dans un souffle.

Je serre une de ses mains en disant :

— Ils ne te prendront pas.

La meneuse hausse les épaules.

— C'est très mignon, mais je ne vais pas laisser passer la récompense. Aussi, je *vais* la prendre, même si je dois tuer le reste d'entre vous.

— Alors tu vas être déçue, répond Gareth en tirant son épée. Et vos guerriers mourront. Ou bien vous nous laissez passer. Vous avez le choix.

— Pour cette somme, je n'ai pas le choix.

Le fouet s'éclaire d'un feu magique, des flammes orange lèchent le cuir. Dans un craquement brutal, elle le lance dans les airs et Gareth l'esquive. Tous les guerriers se mettent en mouvement, lames baissées.

Je descends de Kyrin et je tends les rênes à Taylor avant de les amener tous les deux vers Beth.

— Retourne sur la route. Restes-y et chevauche le plus vite possible. Fuis jusqu'à Greenvelde et jusqu'à la Reine Aurentia. Elle te gardera en sécurité. Je viendrai te chercher dès que je le pourrai.

— Attendez Léandre, dit Taylor en venant vers moi, mais je frappe le flanc de Kyrin et les deux chevaux s'en vont.

La peur dans ses yeux me tord les entrailles, mais je ne peux rien pour elle. Pas maintenant. Je dois engager le combat contre les guerriers, chacun d'entre eux est rapide et malin. Mais ils ne font pas le poids devant ma magie. Même dans le royaume d'été, mes pouvoirs sont immenses. Avec une énorme poussée, j'envoie une vague de froid sur les soldats les plus proches, et du givre recouvre leurs vêtements rouges, ralentissant leurs mouvements.

Je saute dans la mêlée, combattant avec mon épée tandis que Gareth engage le combat avec la meneuse et le claquement de son fouet, une menace constante. Il sort encore plus de guerriers des buissons le long de la route, tous venant sur nous tenant leurs épées courbées. Ils se battent bien, pas groupés, mais séparément, chacun virevoltant et engageant avec une efficacité mortelle. Je les taille en pièces, le sol absorbe leur sang à mesure qu'ils tombent, rouge sur rouge.

On me frappe au bras, la peau se séparant au fur et à mesure que la lame me coupe l'os. Je crie et parade, attaquant le soldat Fae d'un assaut qui le laisse gravement blessé alors qu'un autre émerge des broussailles et vient pour moi. J'ai l'habitude de combattre blessé. Cela me permet de garder les enjeux en tête et d'alimenter ma magie.

Le fouet claque contre le côté de ma tête, le feu écorchant ma tempe. J'envoie une vague de froid cinglant dans la masse des combattants. Deux d'entre eux meurent instantanément, leurs yeux gelés grand ouverts, tandis que les autres ralentissent, mais ne s'arrêtent pas.

— Gareth, dis-je en me retournant pour éviter un nouveau coup de fouet.

— Il est temps de dépoussiérer ta magie.

La meneuse sourit, son épée est rougie par le sang de Gareth.

— Je n'ai jamais tué un Fae du royaume d'hiver.

Elle se baisse et envoie un coup de pied tournant qui fait tomber Gareth. Au moment où elle s'apprête à le lacérer avec sa lame, je bloque l'attaque pendant qu'il se précipite pour se relever. Ses yeux argentés rétrécissent lorsque je baisse le regard vers elle, nos lames sont bloquées, mais elle perd du terrain.

— Et ce n'est pas aujourd'hui que tu en tueras un, dis-je en la repoussant et elle tombe sur la route.

Avec un sifflement, elle fait venir une grosse boule de flammes rouges et l'envoie sur moi. Je la disperse avec ma glace. Elle est déjà essoufflée, ses réserves de magie ne sont pas comparables aux miennes.

Après lui avoir envoyé une nouvelle explosion de froid, elle se recroqueville sur elle-même, le bout de ses doigts devient noir à cause des engelures.

— Recule, dit Gareth en attrapant ma chemise et en m'arrachant des guerriers restants qui se ruent vers nous.

— Bouclier !

Je lance une barrière de glace juste au moment où Gareth libère sa magie. L'air explose comme si c'était du verre, et les guerriers rouges se mettent à hurler lorsque des morceaux de leur peau sont arrachés. La magie de Gareth est destructrice et sauvage, si brutale que malgré des années de pratique, il arrive à peine à la contrôler. Et dans des situations comme celle-ci, il ne peut l'utiliser que lorsqu'il est certain que ses alliés sont hors de portée.

De nombreux guerriers tombent sur la route, leurs vies se répandant sur le sol affamé. D'autres partent en boitant et disparaissent au milieu des déchets rougis. La meneuse essaie de rester debout, tenant toujours son fouet. Le foulard est tombé de son visage, révélant un visage féminin avenant aux traits d'une Fae de haut rang.

— C'est toi qui as provoqué ta propre fin, dis-je en avançant, l'épée au côté. S'allier au roi d'au-delà de la montagne était un choix stupide.

Elle tient son épée en défense.

— Mon peuple meurt de faim. Je m'allierai avec plaisir avec quiconque pourra remplir nos estomacs.

Relevant son menton, elle fait claquer son fouet dont les flammes scintillent faiblement.

— Viens à moi, roi, et je te ferai découvrir comme les Vundi peuvent faire mal.

Je lève mon épée et je prends de l'élan. La lame coupe son épée en deux et détruit son fouet. Elle recule en titubant, à bout de souffle elle sort un poignard des plis de sa robe. Je l'aurais épargnée si elle n'avait pas commis l'erreur de menacer ma compagne. Le Fae sauvage ne s'arrêtera pas tant que son sang ne sera pas froid sur le sol poussiéreux.

En m'approchant d'elle, je la prends par le cou et je la soulève du sol. Elle lacère mon bras avec son poignard, mais je le sens à peine. Tout ce que j'ai à faire c'est de serrer le poing et c'en sera fini pour elle. Mais un bruit attire mon attention. Des sabots.

La bouche de la femme se transforme en rictus et lorsque je me tourne, j'aperçois Kyrin qui vient vers moi au galop. Un Vundi est assis sur son dos, tenant dans sa main l'épée obsidienne. Taylor est enveloppée en travers de la salle, son corps est avachi.

Mon cri de guerre se transforme en vague de glace et j'ai le goût du sang.

FINE

EXTRAIT EN AVANT-PREMIÈRE

Merci d'avoir lu *La Route pour l'Hiver* ! Si vous aimez l'histoire de Léandre et Taylor, pensez à laisser un commentaire. Leur aventure continue dans *La Morsure de l'Hiver*.

Pour tout savoir des prochaines romances torrides publiées par Grey Eagle Publications, inscrivez-vous à notre newsletter sur www.greyeaglepublications.com/fr/.

Et maintenant, veuillez tourner la page pour un avant-goût de *Liaisons Intimes*, l'histoire addictive de Mia et Korum écrite par Anna Zaires, et un extrait d'*L'inconnu de Malte*, la romance dark et érotique de Josie Litton.

EXTRAIT DE LIAISONS INTIMES PAR ANNA ZAIRES

Dans un futur proche, la Terre est désormais sous l'emprise des Krinars, une espèce sophistiquée venue d'une autre galaxie. Ils restent un mystère pour nous, et nous sommes totalement à leur merci.

Mia Stalis est une jeune étudiante New Yorkaise, plutôt innocente et timide. Elle mène une vie parfaitement normale. Comme la plupart des êtres humains elle n'a jamais eu de contact avec les envahisseurs, jusqu'au jour où une simple promenade dans Central Park va changer sa vie à jamais. Mia a été remarquée par Korum et elle doit maintenant se confronter à un puissant Krinar, doté de dangereux moyens de séduction, qui veut la posséder corps et âme — et qui ne reculera devant rien pour devenir son maître.

Jusqu'où peut-on aller pour retrouver sa liberté ? Quels sacrifices peut-on consentir pour aider ses semblables ? Quels choix nous reste-t-il quand on s'éprend de son ennemi ?

~

L'air était vif et pur tandis que Mia descendait d'un pas rapide un sentier sinueux de Central Park. Partout, on voyait l'approche du printemps, les arbres encore nus avaient de minuscules boutons et les nounous étaient sorties en masse pour profiter de cette première journée de beau temps avec les enfants turbulents qui leur étaient confiés.

Bizarrement, tout avait changé depuis quelques années et pourtant tout était identique. Si dix ans plus tôt on avait demandé à Mia à quoi ressemblerait la vie après une invasion d'extra-terrestres, ce n'est pas du tout ce qu'elle aurait imaginé. Les films 'Independance Day' ou 'La Guerre des Mondes' étaient à des lieux de montrer ce qui se passe réellement quand une civilisation plus sophistiquée prend le dessus. Il n'y avait eu ni combat ni résistance du gouvernement parce qu'*ils* les avaient rendus impossibles. Rétrospectivement, il sautait aux yeux que ces films étaient idiots. Les engins nucléaires, les satellites et les avions de combat étaient aussi primitifs que des pierres et des bouts de bois. Mia aperçut un banc vide près du lac et s'y dirigea avec plaisir, ses épaules se ressentaient du poids de son sac à dos où elle avait mis son volumineux ordinateur portable — elle l'avait depuis 12 ans — ainsi que ses livres, imprimés sur papier comme autrefois. Elle avait beau avoir 20 ans, parfois elle se sentait déjà vieille, et comme dépassée par un monde nouveau sans cesse en évolution, un monde de tablettes fines comme du papier à cigarette et de montres qui servaient de téléphones portables. Depuis le jour K, le rythme des progrès technologiques ne s'était pas ralenti ; en fait de nombreux nouveaux gadgets avaient été influencés par ceux des Krinars. Non pas que les Krinars partageaient allègrement leur précieux savoir technologique ; de leur point de vue, leur petite expérience devait se poursuivre sans la moindre interruption.

Mia ouvrit la fermeture éclair de son sac et en sortit son vieux Mac. Il était lourd et lent, mais il fonctionnait encore et Mia, comme tous les étudiants désargentés, ne pouvait rien s'offrir de mieux. Une fois en ligne elle ouvrit une page vierge sur Word et se prépara à rédiger sa dissertation de sociologie, une véritable torture.

Après 10 minutes sans avoir écrit un seul mot elle s'arrêta. De qui se moquait-elle ? Si elle voulait vraiment s'y mettre, il ne fallait pas venir au parc ; évidemment c'était tentant de se donner l'illusion de pouvoir profiter du grand air et travailler, mais elle n'avait jamais été capable de faire les deux en même temps. Pour ce genre d'effort intellectuel, une vieille bibliothèque poussiéreuse lui convenait bien mieux.

En son for intérieur Mia se reprocha d'être aussi paresseuse, soupira et commença à regarder autour d'elle au lieu d'essayer de travailler. Elle ne se lassait jamais de regarder les gens à New York.

La scène lui était familière, comme elle s'y attendait il y avait le clochard de service sur un banc voisin (Dieu merci ce n'était pas le banc le plus proche parce qu'il avait l'air de sentir le fauve) et deux nounous bavardaient en espagnol en promenant tranquillement leurs landaus. Un peu plus loin, une jeune fille faisait du jogging, ses reeboks roses offrant un joli contraste avec son survêtement bleu. Mia suivit la joggeuse des yeux avant qu'elle ne disparaisse. Elle admirait sa condition physique. Elle avait un emploi du temps tellement chargé qu'elle n'avait pas beaucoup de temps pour faire du sport et elle se disait qu'elle n'aurait pas pu suivre cette jeune fille à ce rythme pendant plus d'un kilomètre.

À sa droite, elle voyait le Pont Bow au-dessus du lac. Un homme était penché sur le parapet et regardait l'eau. Son visage était tourné de l'autre côté si bien qu'elle ne pouvait voir qu'une partie de son profil. Et pourtant il y avait quelque chose en lui qui attira l'attention de Mia.

Elle n'arrivait pas à savoir de quoi il s'agissait. Il était vraiment grand et semblait costaud sous l'imperméable élégant qu'il portait, mais ce n'était pas ce qui l'intriguait. Les hommes grands, beaux et bien habillés ne manquent pas à New York, la ville regorge de top-modèles. Non, il y avait autre chose. Peut-être son attitude, parfaitement immobile, ne faisant aucun geste inutile. Ses cheveux bruns brillaient dans la vive lumière ensoleillée de l'après-midi, sa frange se soulevait légèrement dans la brise douce du printemps.

Et puis il était seul.

— Eh bien ! voilà, pensa Mia. D'habitude, il y avait toujours du monde sur ce joli pont, mais là, il était seul ; pour une raison qui lui échappait, tous semblaient l'éviter. En fait, à part elle et le clochard qui sentait sans doute mauvais, tous les bancs au bord de l'eau, d'habitude si recherchés, étaient vides.

Comme s'il avait senti qu'elle le regardait, l'homme qui faisait l'objet de son attention tourna lentement la tête et la regarda droit dans les yeux. Avant d'avoir compris ce qui se passait elle sentit son sang se glacer, elle était pétrifiée et incapable de détourner son regard de ce prédateur qui semblait maintenant, lui aussi, la regarder avec intérêt.

Respire, Mia, respire !

Une voix enfouie en elle, une petite voix raisonnable n'arrêtait pas de le lui répéter. Et cette même part d'elle-même, bizarrement objective, remarquait la symétrie du visage de cet homme, sa peau bronzée tendue sur ses pommettes saillantes et sa mâchoire solide. Elle avait vu des Ks en photo et sur des vidéos, ni les unes ni les autres ne leur rendaient vraiment justice. La créature qui ne se tenait guère qu'à une dizaine de mètres d'elle était tout simplement extraordinaire.

Alors qu'elle continuait de le regarder fixement, toujours pétrifiée, il se redressa et fit quelques pas dans sa direction. Ou plutôt, il bondit vers elle, lui sembla-t-il, ressemblant à un félin qui s'approche légèrement d'une gazelle. Ce faisant, il ne la quittait pas des yeux. Quand il se rapprocha, elle distingua de petits éclats jaunes dans ses yeux d'or pâle ainsi que ses longs cils épais.

Elle s'aperçut avec un mélange d'horreur et d'incrédulité qu'il s'était assis sur le banc à quelques centimètres d'elle et qu'il lui souriait en montrant ses dents blanches. Pas de crocs, lui dit la part de son cerveau qui fonctionnait encore, rien qui puisse y ressembler. Encore un mythe à leur sujet, tout comme leur soi-disant horreur du soleil.

— Comment vous appelez-vous ? La question avait presque été posée comme un ronronnement. Cette créature avait la voix basse et douce, pratiquement sans le moindre accent. Ses narines se soulevaient légèrement comme s'il sentait son parfum.

— Heu... Mia avala sa salive avec nervosité. M-Mia.

— Mia, répéta-t-il lentement, semblant prendre plaisir à dire son nom. Mia comment ?

— Mia Stalis. Merde alors, pourquoi voulait-il savoir son nom ? Et pourquoi était-il là, en train de lui parler ? Et qui plus est, que faisait-il à Central

Park, si loin de l'un des Centres K ? *Respire, Mia, respire !*

— Détendez-vous donc Mia Stalis !

Il sourit de toutes ses dents, et une fossette apparut sur sa joue gauche. Une fossette ? Les K avaient donc des fossettes ?

— Vous n'avez donc encore jamais rencontré l'un d'entre nous ?

— Non, jamais Mia poussa un grand soupir et s'aperçut qu'elle avait retenu son souffle. Malgré tout son trouble, sa voix ne tremblait pas trop et elle en fut fière. Devrait-elle l'interroger, souhaitait-elle savoir ? Elle prit son courage à deux mains.

— Et que… — une fois de plus elle avala sa salive — que voulez-vous de moi ?

— Juste parler, pour le moment. Il plissait légèrement ses yeux dorés, elle avait l'impression qu'il était sur le point de se moquer d'elle. Bizarrement, elle en fut assez agacée pour sentir sa peur s'atténuer. S'il y avait une chose à laquelle Mia était très sensible, c'était la moquerie. Mia était de petite taille, très mince, mal à l'aise avec les autres comme toutes les jeunes filles qui ont dû supporter le désagrément d'avoir eu un appareil dentaire, des cheveux frisés et des lunettes pendant leur adolescence. C'était un véritable cauchemar de faire sans cesse l'objet des moqueries des uns et des autres. Elle releva la tête avec agressivité.

— Alors d'accord, comment *vous* appelez-vous ?

— Moi, c'est Korum.

— Korum tout court ?

— Contrairement à vous, nous n'avons pas vraiment de nom de famille. Le mien est tellement long que vous n'arriveriez pas à le prononcer si je vous le disais.

Voilà qui était intéressant. En l'entendant, elle se souvenait avoir lu quelque chose à ce sujet dans le *New York Times*. Jusqu'ici, tout allait bien. Ses jambes ne tremblaient plus, sa respiration s'était calmée. Elle arriverait peut-être à s'en sortir saine et sauve ? Elle se sentait relativement en sécurité en parlant avec lui, bien qu'il ait continué de la dévisager fixement de ses yeux jaunâtres qui la mettaient mal à l'aise.

— Et que faites-vous ici, Korum ?

— Je viens de vous le dire, un brin de causette avec vous, Mia. Il y avait encore un soupçon de moquerie dans sa voix.

Mia se sentit frustrée, elle poussa un nouveau soupir.

— Ou plutôt que faites-vous ici à Central Park ? Et que faites-vous à New York ?

Il sourit une nouvelle fois en penchant la tête légèrement de côté.

— Disons que j'espérais rencontrer une jolie jeune fille aux cheveux bouclés.

Bon, ça suffisait maintenant. Il était clair qu'il se moquait d'elle. Maintenant qu'elle avait un peu repris ses esprits, elle s'aperçut qu'ils étaient là, au beau milieu de Central Park, et devant des millions de témoins. Elle jeta un coup d'œil discret autour d'elle pour en avoir le cœur net. Eh oui, elle avait raison, bien que les gens s'écartent du banc où elle se trouvait avec cet extra-terrestre, plus loin sur le chemin les plus courageux les regardaient fixement. Il y avait même un couple qui les filmait, sans prendre trop de risque, avec la caméra qu'ils avaient au poignet. Si le K devenait trop entreprenant avec elle, en un clin d'œil les images seraient sur YouTube, il le savait bien. Mais comment savoir s'il s'en moquait ou pas ?

Cependant étant donné qu'elle n'avait jamais vu de vidéos où des étudiantes se faisaient agresser par des Ks au beau milieu de Central Park, elle était relativement en sécurité ; Mia prit son ordinateur portable avec précaution et le remit dans son sac à dos.

— Laissez-moi vous aider, Mia.

Avant même qu'elle ne puisse réagir, elle le sentit s'emparer de tout le poids de l'ordinateur, il le prit des mains de Mia devenues inertes et elle sentit alors qu'il lui touchait le bout des doigts. Ce contact provoqua en elle comme une légère décharge électrique et un frémissement nerveux la suivit aussitôt.

Il attrapa son sac à dos et y mit l'ordinateur portable, chacun de ses gestes était précis, doux et d'une grande souplesse.

— Eh bien ! voilà, tout va bien mieux maintenant.

Mon Dieu, il venait de la toucher. Peut-être avait-elle tort de penser qu'on était en sécurité dans les lieux publics. De nouveau, elle sentit sa respiration s'accélérer et son cœur battre la chamade.

— Il faut que j'y aille maintenant, au revoir !

Elle se demanderait toujours comment elle avait réussi à parler sans s'étrangler de terreur. Elle saisit les sangles de son sac à dos qu'il venait de poser par terre et se leva d'un bond, en remarquant au passage qu'elle avait retrouvé l'usage de ses jambes.

— Au revoir, Mia. Et à bientôt !

En partant, elle entendit sa voix légèrement moqueuse qui portait loin — l'air du printemps était si pur —, elle avait tellement hâte d'être loin de lui qu'elle courait presque.

Envie d'en lire plus ? Visitez www.annazaires.com/book-series/francais/ pour commander votre exemplaire dès aujourd'hui !

EXTRAIT DE L'INCONNU DE MALTE PAR JOSIE LITTON

Je m'appelle Grace Delaney. Je suis née dans la famille politique la plus admirée du pays. Lorsque j'avais seize ans, les médias m'ont surnommée « la princesse de l'Amérique ». Je déteste que l'on m'appelle ainsi, surtout depuis que j'ai découvert le terrible secret qui se cache derrière l'image publique étincelante de ma famille.

Il y a quelques mois, j'ai obtenu mon diplôme universitaire, et étais bien décidée à mener ma propre vie. Mais aujourd'hui, je dois compter avec Adam Falzon, qui est rentré dans ma vie d'un seul coup. Chef d'une famille du vieux monde réputée impitoyable, il ressemble à un ange déchu. Bien que je sois très attirée par lui, j'ai découvert qu'Adam avait lui aussi des secrets, plus mortels et plus dangereux que ce que j'aurais pu imaginer. Je n'ose pas céder à mes sentiments pour lui.

Mais je n'ai peut-être pas le choix. Plus le temps passe, plus je me sens prisonnière d'une toile de désir sombre. Mes chances d'en sortir sont de moins en moins nombreuses. Et pire : je ne suis pas sure de vouloir m'en sortir.

Grace

Nous nous joignîmes à la foule d'hommes et de femmes élégamment vêtus qui était en train d'affluer dans la salle de bal, où un quatuor à cordes jouait un morceau de Mozart. Les convives bavardaient et souriaient au milieu des bouquets de fleurs posés sur chaque table qui répandaient un parfum délicieux.

Je ne comptais plus les événements de ce genre auxquels j'avais déjà assisté. Celui-ci n'était en rien inhabituel ou original. Il était on ne peut plus classique…

Brusquement, je réalisai à quel point j'avais tort.

Un homme venait d'entrer au fond de la pièce.

De loin, je constatai qu'il était entré par la porte habituellement réservée aux chefs d'État, qu'ils soient présidents ou rois. S'il était accompagné de membres de sécurité, je ne les voyais pas. Cela ne voulait pas forcément dire qu'ils n'étaient pas là, mais seulement qu'ils étaient parfaitement qualifiés et très professionnels.

Le membre de l'hôtel qui l'escortait arborait un sourire inquiet et parlait trop vite. Je l'avais déjà vu lors de mes précédentes soirées au Plaza. Il était responsable des ultra-VIP, une fonction qui exigeait à la fois du tact et de la confiance. L'état de malaise dans lequel il se trouvait maintenant était plutôt inhabituel, voire carrément étrange.

Mais mon attention se fixa sur l'homme lui-même. Il était jeune – certainement un petit moins de trente ans – mesurait au moins un mètre quatre-vingt, avait les épaules larges, des cheveux noir corbeau qui effleuraient son col, et un teint mat méditerranéen. Le smoking sur mesure parfaitement ajusté qu'il portait laissait apparaître toute la puissance de son torse et de ses membres. Il se mouvait avec la grâce naturelle d'un athlète, rayonnant de force et de volonté. Il suffisait de l'apercevoir pour comprendre qu'il était certainement aussi doué sur un champ de bataille que dans une salle de réunion.

Et ailleurs… comme dans une chambre à coucher, qui sait ?

Le simple fait d'imaginer une telle chose me troubla. Je réalisai que j'étais obnubilée par lui, mais étais incapable de détourner mon regard.

Ses traits n'étaient pas d'une beauté classique, mais étaient d'une indéniable virilité. Sa mâchoire large et carrée était adoucie par des lèvres pulpeuses et sensuelles. Ses pommettes étaient larges, et son nez, pareil à une lame tranchante, semblait avoir été cassé au moins une fois. Ce petit défaut – si l'on pouvait parler de *défaut* – le rendait réel ; grâce à cela, il semblait incroyablement, même sauvagement, humain. L'essence vivante, vibrante, de la virilité.

Ses yeux, sous ses sourcils noirs et épais, étaient ovales et recouverts de paupières tombantes. L'envie de connaître leur couleur me fit soudainement frissonner. Comme pour exaucer mon souhait, nos regards se croisèrent depuis les deux extrémités de la salle de bal.

Je fus saisie par l'intensité de son regard pénétrant. Pour la première fois, je ressentis que quelqu'un me *voyait* vraiment. Le masque des conventions que nous endossons tous vola tout à coup en éclat. Il n'y avait plus que mon être intérieur ; j'étais nue devant lui comme je ne l'avais jamais été.

Il devait s'agir d'une illusion. Ça ne pouvait être que cela. Comment une telle chose pouvait-elle réellement se produire ? Je devais tout simplement être plus fatiguée que je ne le pensais. C'était le surmenage, voilà tout ; ça n'avait rien à voir avec cet homme…

Néanmoins, l'effort que je dus faire pour détourner mon regard de lui fut presque physiquement douloureux. Je découvris avec stupeur que mes paumes devinrent subitement humides et pire encore, que ce n'était pas la seule partie de moi qui était humide.

Je ne comprenais pas ce qu'il m'arrivait. Je n'avais jamais réagi de cette façon devant un homme, pas même dans l'intimité. C'était comme si j'étais en train de laisser libre cours à ma part d'ombre.

Mais mis à part ma difficulté à respirer et les battements plus rapides de mon cœur, je me sentais bien. Plus que cela : je ne m'étais jamais sentie aussi vivante depuis très longtemps – c'était peut-être même la première fois.

Un serveur tira une chaise pour que je m'assoie à

la table que Will et moi partagions avec une demi-douzaine d'amis de la famille Delaney. Je m'assis de manière machinale, guidée par mon instinct et ma longue expérience des conventions dans ce genre d'événements. Je parvins même à passer l'heure qui suivit sans rien dire ni révéler le choc que je ressentais d'avoir été si puissamment troublée par un parfait inconnu.

Mais même si je souriais, discutais et déplaçais la nourriture dans mon assiette, je ne pouvais pas m'empêcher de penser à lui. Je luttais contre l'envie de me retourner pour essayer de le revoir. Où était-il assis ? Était-il en train de me regarder ?

Cette possibilité fit monter en moi une excitation brûlante. Mais au-delà de cela, en pensant à cet homme que – je le savais déjà – je ne pourrai jamais oublier, une question m'obsédait :

Qui était-il ?

À PROPOS DE L'AUTEUR

Lily Archer croit aux fées, aux sirènes et aux redoutables guerriers fae. Uniquement armée de son imagination et de son vieux MacBook, elle va terrasser les monstres les plus sombres des univers fantastiques et de créer le véritable amour là où personne ne le pensait possible.

Printed in Great Britain
by Amazon

40875624R00108